Isabella Vogel

Am Sonntag kommt doch keiner

Isabella Vogel

Am Sonntag kommt doch keiner

dahlemer verlagsanstalt

Isabella Vogel, geboren am 3. 1. 1988 in Berlin, ist Roman- und Lyrikautorin, lebt in Berlin.
Studium der Französischen Philologie und der Philosophie, derzeit in Ausbildung zur Heilerziehungspflegerin.
Hospitation am Maxim Gorki Theater Berlin; Au-Pair-Aufenthalt in Monaco. Veröffentlichungen u. a. im Jahrbuch der Lyrik 2011, im Tagesspiegel, im Poetenladen. Langjährige Mitarbeiterin der Lesebühne »Lauter Niemand e.V.«. Mitbegründerin des Blauen Salons (Literatur- und Kunstsalon).

»Am Sonntag kommt doch keiner« ist ihr Debüt.

ISBN 978-3-928832-38-0
dahlemer verlagsanstalt 2012

Michael Fischer · Leydenallee 92 · 12165 Berlin

Cover: Isabella Vogel und Jörg Vierling
Satz: Marc Berger, Gransee
Druck und Bindung: MM büro marketing Alexandra Menges

Für meine Mutter,
weil sie mich das Lesen, Schreiben und vor allem
das Spinnen gelehrt hat
und für Sarah Bender,
weil sie das Buch als erste gelesen und
niemals an seinem Erfolg
gezweifelt hat

Eine Unmöglichkeit,
die nicht das Gegenteil, das Negative des Möglichen ist.
Man muss dieses Unmögliche tun,
man muss das Unmögliche denken und tun.
Wenn nur das geschehe, was möglich ist,
geschehe gar nichts mehr.
Wenn ich nur das täte, was ich tun kann,
würde ich gar nichts tun.

Derrida

EINE KARTE UND EINE KRÜCKE

Mascha sah sich vor einem weißen Hochhaus an einem Bootssteg stehen. Es war Sommer und einige Fischer saßen auf grünen, rostigen Hockern am Ufer. Das Gewässer war ein gerader Fluss, dessen Linie ins Nichts führte.

Sie sah ihre Mutter an sich vorbei den Steg entlang schlendern. Ihre Mutter lächelte, trug ein weißes Chiffonkleid und schien die Leichtigkeit in Person zu sein.

Dann stand ihre Mutter am Ende des Steges und schnappte nach Luft. Vor ihr der endlose Fluss. Sie konnte nicht sprechen. Keiner wusste, was ihr den Atem genommen hatte.

Dann fiel ihre Mutter wie ein Stein ins Wasser und ging unter.

Die Fischer legten hastig ihre Angeln beiseite und sprangen auf. Sie rannten ins trübe Wasser und standen bald bis zu den Schultern darin. Dann hievten sie Maschas Mutter auf den Steg. Aus deren Gesicht war jede Röte geschwunden und ihr Mund stand leicht offen, sodass man ihren schrägen Schneidezahn sah. Ihr Gesicht schien immer noch sorglos und wolkenweiß. Das Wasser rann aus ihren blonden Strähnen über die bleichen Wangen. Niemand wusste, was zu tun war. Also fing Mascha an, um Hilfe zu schreien. So laut, dass ihr bald der Hals schmerzte. Als sie noch immer kräftig und verzweifelt schrie, trat eine kleine, beleibte Putzfrau aus dem weißen Hochhaus hinter sie, zog langsam an ihrer Zigarette und bemerkte kühl: »Wieso schreien Sie, meine Dame? Sie wissen doch: Heute ist Sonntag, da kommt keiner.«

Verwirrt richtete sich Mascha wie eine Gruselpuppe in einer Geisterbahn im Bett auf und spähte mit müden Augen durchs Zimmer.

Es war bereits drei Uhr nachmittags. Sie befühlte benommen ihr schwarzes Abendkleid und ihren nackten Hintern. In ihrem Kopf schienen Bauarbeiten begonnen zu haben, so sehr dröhnte es darin. Die Unterhose. Wie hatte sie noch einmal ausgesehen? Mascha massierte ihre Schläfen. Das war ein entzückendes schwarzes Exemplar eines Höschens mit zwei roten Schleifen an den Seiten gewesen. Ihre Erinnerung nahm langsam erkennbare Formen an.

Während die Sonne durch die halb geöffneten Rollläden schien, wurde Mascha zunehmend klar: Die Unterhose war verschwunden, sie musste geraubt worden sein! Aber von wem? Sie stand auf, suchte und entdeckte stattdessen direkt vor ihrem Bett eine vergilbte Postkarte und einen weißen Krückstock, von denen sie sicher war, beide nie zuvor gesehen zu haben.

Verwirrt beugte sie sich über die Postkarte. Wie in Trance murmelte sie vor sich hin: »Was zum Teufel ist das denn? Ich versteh überhaupt nichts mehr.«

Mascha vergaß Postkarte und Krückstock. Sie eilte zu ihrem Sessel und durchwühlte den Kleiderhaufen darauf, aber die Hose blieb unauffindbar. Sie versuchte sich an die letzte Nacht zu erinnern. Abitur-Ball. Sie sah die Tanzfläche vor sich, sie sah ihren Biologielehrer Nudelsalat essen, den entsetzten Blick von Sonjas Mutter. Der Rest war ein verschwommener Film, so undeutlich wie eine Kindheitserinnerung.

Jetzt bemerkte sie auch wieder ihre Kopfschmerzen, die sich mit Schwindelgefühlen abwechselten.

Nach einer Weile klingelte das Telefon in einer mechanischen Mozart-Melodie. Sonja erkundigte sich, ob Mascha gut nach Hause gefunden hätte. »Neben meinem Bett liegen ein Krückstock und eine Postkarte und ich habe keine Unterwäsche mehr.«

Sonja lachte.

»Was ist gestern passiert?«, fragte Mascha immer noch leicht betäubt.

»Als ich dich das letzte Mal gesehen habe, hast du mit zwei Männern gleichzeitig auf der Tanzfläche gestanden und beide hatten ihre Hände in deinem Hintern vergraben. Julia meinte, die hatten 'ne Flasche Wodka bei sich!«

»Wer waren die denn?«

»Keine Ahnung. Der eine trug eine Brille und der andere sah süß aus.«

»Aha. War da nicht noch irgendwas mit deiner Mutter?«

»Du hast neben unserem Tisch auf dem Teppich gesessen und die Weingläser umgestoßen.«

»Oh, deshalb hat sie so entsetzt geguckt.«

»Kann sein. Und du kannst dich an nichts erinnern?«

»Nicht richtig. Es sollte keine Freigetränke geben. Ich weiß nur noch, dass ich getanzt habe. Wild!«

»Haha, ja, du hast wild getanzt!«

»Und hatten die beiden Jungs einen Krückstock?«

»Nein, vielleicht hast du den nachts gefunden und weißt es nicht mehr!«

»Wie soll ich das jetzt herausfinden?«

»Keine Ahnung! Ich wollte nur fragen, ob du noch lebst! Also dann, ich muss mit dem Hund raus! Bis bald!«

Mascha taumelte zurück auf ihr Bett und nahm die Postkarte hoch. Sie zeigte einen perfekt blauen Himmel, der wie blank poliert ausgesehen hätte, wäre die Karte nicht so zerknittert und vergilbt gewesen. Darunter ein Berg in erdigen Farbtönen mit einigen Waldflecken. Der Berg hatte die Form eines Blauwals, dessen weiße Flossenspitze die Wolken berühren könnte, die es nicht gab.

Die Flosse war eine kleine weiße Erhebung links vom Gipfel. Vielleicht Schnee, vielleicht eine weiße Stadt. Mascha konnte es nicht erkennen. Nur das weite bunte Herbstfeld und den Sandweg, die sich vor dem Walfischberg erstreckten, sah sie deutlich. Die Karte trug keinen Schriftzug. Nichts Besonderes, dachte Mascha und drehte sie um.

In sauberer nach rechts geneigter Handschrift stand dort in blauer Tinte:

Ihr Zug nach Paris geht um acht Uhr und fünf Minuten vom Hauptbahnhof, Madame.

»Sehr witzig!«, flüsterte Mascha, wie sie es oft pflegte, gewisse Situationen im Selbstgespräch zu kommentieren.

Geduscht und in einen weißen Bademantel gehüllt, den ihre Mutter damals aus der Klinik hatte mitgehen lassen, schlich sie die knarrende Wendeltreppe hinunter ins Wohnzimmer. Dort war ihr Vater wie so oft damit beschäftigt, den Perserteppich mit einem Handfeger und einer Schippe zu säubern. Vom Säubern konnte eigentlich keine Rede sein, denn Maschas Vater wirbelte den feinen Staub nur auf, anstatt ihn auf die Schippe zu kehren. So kroch der Vater manchmal stundenlang in einer kleinen, sich langsam fortbewegenden Wolke auf dem Teppich und freute sich danach über seine Mithilfe im Haushalt.

Als Mascha auf der Mitte der Treppe angelangt war, hörte sie ihren Vater rufen:

»Mascha, bist du wach? Wie lautet eigentlich unsere Faxnummer?«

»Wir haben kein Fax, Papa!«

»Ach so! Und unsere Internetnummer?«

»Das Internet hat keine Nummer!«

Irritiert begab Mascha sich ins Wohnzimmer. Ihr Vater kniete vor ihr und fegte.

»Möchtest du nicht doch lieber den Staubsauger, Papa?«

»Ach nein, mit dem Besen ist es genauer! Wir kehren immer mit dem Handbesen!«

Seit Maschas Mutter tot war, hatte ihr Vater sich das Wort *ich* abgewöhnt und sprach seither nur noch in Pluralform.

»Ich habe hier eine Krücke in meinem Zimmer gefunden! Gehört die dir?«

»Wir brauchen keine Krücke, aber wenn wir uns noch weiter bücken, bekommen wir noch einen Bandscheibenvorfall.«

»Deswegen sollst du ja auch einen Staubsauger nehmen.«

»Was?« Man konnte nie genau beurteilen, ob Maschas Vater tatsächlich schwerhörig war oder es ihm nur einfach schwer fiel, anderen Menschen zuzuhören.

Mascha kochte sich einen Kaffee und versuchte, sich an die zwei Jungen von der Tanzfläche zu erinnern, von denen Sonja gesprochen hatte, als das Telefon erneut seinen mechanischen Mozart spielte. Mascha eilte in den Flur und nahm ab.

»Ja?«

Eine tiefe, sympathische Männerstimme erklang.

»Ihr Zug nach Paris geht um acht Uhr und fünf Minuten vom Hauptbahnhof, Madame.«

»Was? Wer ist denn da? Hallo? Hallo?«

Doch das Telefon gab nur noch ein langgezogenes Tuten von sich, was an das Krankenhaussignal beim Herzstillstand erinnerte.

Mascha ging zurück ins Wohnzimmer. Ihr Vater hatte jetzt bereits das Ende des Teppichs unter dem Esstisch erreicht.

»Na, wer war dran?«

»Ein Mann. Er hat seinen Namen nicht gesagt.«

»Man muss immer mehr aufpassen. Diese Kriminellen rufen hier an um zu testen, ob wir zu Hause sind. Du musst immer, wenn du weggehst, die Jalousien herunter lassen. Auch die in deinem Zimmer und im Bad. Hier in der Nachbarstraße haben die schon eingebrochen.«

»Ich glaube, das war kein Einbrecher am Telefon.«

»Nicht zu gutgläubig sein, Mascha. Wir sind da vorsichtiger und kennen die Welt. Auch wenn mal einer vor der Tür steht und sagt: ›Dein Vater liegt im Krankenhaus und du solltest mitkommen.‹ Das sind Ganoven!«

Mascha stellte sich vor, dass wahrhaftig einmal ein Polizist vor der Tür stehen würde und ihr Vater wirklich im Krankenhaus läge.

»Hast du verstanden?«

»Verstanden«, murmelte Mascha und wollte sich samt Kaffeetasse wieder in ihr Zimmer begeben, als ihr Vater fragte:

»Heute treffen wir diese Spanierin, die Studienfreundin der Mama. Mariana. Die wollte ein paar Fotos von der Mama sehen. Haben wir da aktuellere?«

Mascha überlegte.

»Ich weiß nicht so genau, vielleicht haben wir im Krankenhausgarten ein Foto …«

»Nein, ich habe den Film schon entwickelt. Mm. Unsere Fotos sind alle schon älter, vielleicht eines von ihrer Beerdigung? Ach nein, da war sie ja nicht dabei. Mm.«

Mascha lachte bitter und ihr Vater schien nicht zu wissen weshalb.

»Puh, wir haben Durst nach dem Putzen. Haben wir noch Apfelsaft, Mascha?«

Maschas Vater stolzierte in die Küche und riss den Kühlschrank auf.

»Nein, wir haben keinen Apfelsaft mehr! Dann gehen wir mal einkaufen. Räumst du bitte dein Zimmer auf, Mascha? Wir gehen jetzt! Bis bald!«

Er schlug die Kühlschranktür wieder zu, nahm seine Daunenjacke, las etwa vier Nussbaumblätter in der Einfahrt auf, legte sie penibel auf einen kleinen Haufen und verschwand.

»Wieso soll ich nach Paris fahren?«, fragte sich Mascha, wieder auf ihrem Bett angekommen, und nippte an der Kaffeetasse.

»Aber wieso sollte ich *nicht* nach Paris fahren?«

Mascha stand auf und begab sich an ihren Schreibtisch. Nach minutenlangem Wühlen in den Schreibtischfächern fand Mascha endlich ihr Adressheft. Letzten Sommer hatte sie bei einer Gastfamilie in Arcachon gelebt und an der französischen Küste einen attraktiven jungen Mann kennen gelernt. Jakob war halb Deutscher, halb Franzose und lebte in Paris. Sie hatten drei romantische Tage am Meer, auf der Düne von Pyla und in seinem Zelt verbracht, an die Mascha gerne zurück dachte. Sie könnte ihn besuchen. Ganz gleich, ob da wirklich ein Zug für sie heute Abend am Bahnhof ging. Vielleicht war das alles ein heimlicher Wink, der sie nach Paris führen sollte.

Sie nahm erneut das Telefon.

»Jakob Schwan?«

»Hallo Jakob! Hier ist Mascha! Weißt du noch? Wir haben uns in Arcachon kennen gelernt!«

»Ah, Mascha! Ja, natürlich erinnere ich mich! Wie geht es dir?«

»Gut! Ich habe mein Abitur gemacht! Und was machst du so?«

»Ich arbeite in einer Versicherung, hier in Paris! Wieso rufst du denn an? Ich habe oft an dich gedacht in letzter Zeit!«

»Ich dachte auch, es war doch so schön damals am Meer mit dir. Vielleicht darf ich dich ein paar Wochen besuchen kommen?«

»Wann denn?«

»Jetzt!«

»Jetzt? Oh, ich werde mit meinen Eltern sprechen, okay? Aber ich würde mich sehr freuen, dich zu sehen!«

»Gut. Dann ruf mich doch einfach in einer halben Stunde noch mal an, ja?«

»Okay!«

»Bis dann!«

Die Stimme des fremden Anrufers im Ohr und die Postkarte auf ihre Brust gelegt, dachte Mascha an Jakob. Wie wohl seine Eltern und seine Wohnung aussahen? Bestimmt ist seine Mutter eine sanftmütige, zarte Französin mit langen, dunklen Locken und spitzer Nase – und sein Vater? Mm … er könnte einen weißen Vollbart tragen und beige, ranzige Cordhosen wie ein Geschichtslehrer. Die Abendessen werden sicher lauschig, lauschig und vorzüglich sein.

So schlummerte Mascha erneut für ein halbes Stündchen ein.

POURQUOI JE NE FAIT RIEN?

19 Uhr 32 am Hauptbahnhof suchte Mascha den Bahnsteig, von dem der Zug nach Paris fahren würde. Es ging tatsächlich einer um fünf nach acht und nur zum Spaß erkundigte sich Mascha am Kassenschalter, ob eine Karte für sie bereit läge. Die kleine, rundliche Dame, die mit ihrer markanten Nase, dem dunkelroten Haar und der schwarz umrandeten Brille aussah wie eine Henne, suchte auf ihrem Computerbildschirm wie nach Körnern und fragte erneut nach: »Mascha Lieberman, ja?«

»Genau, Lieberman mit einem N!«

»Ja, hier haben wir Sie. Ein Sitzplatz im Schlafwagen!«

»Ein Sitzplatz?«

»Ein Sitzplatz im Schlafwagen, ermäßigter Preis für Mascha Lieberman, Nichtraucherabteil, heute Abend um fünf nach acht nach Paris vom Hauptbahnhof aus!«

»Genau! Das bin ich!«

»Wie bitte?«

»Das bin ich! Wissen Sie, wer diese Karte für mich gekauft hat?«

»Na, Sie selbst, oder?«

»Nein! Ich habe nie eine Karte gekauft!«

»Wie? Soll ich das stornieren?«

»Nein! Na ja, ist ja auch nicht so wichtig. Geben Sie mir einfach die Karte!«

»Gut.«

Die Henne schob die Karte in einer flachen Schublade herüber und begann mit den Augen erneut, auf ihrem Bildschirm zu picken.

Es war ein alter Zug und sein rot-weißer Lack vom jahrelangen Fahren ganz verstaubt. Zu ihrer Enttäuschung war Maschas Abteil wirklich keines mit Liegeplätzen, sondern eines mit vier Sesseln, auf denen sich bereits drei dickliche Engländerinnen, wahrscheinlich Studentinnen, niedergelassen hatten. Eine mit braunem Zopf biss in ein Bounty und fragte, wie viele Stunden man bis Paris unterwegs sei.

»Twelve hours!«, seufzte ihre rotlockige Freundin am Fenster. Mascha verstaute ihre Tasche und die Krücke, die sie auch mitgenommen hatte, auf der Ablage und setzte sich auf ihren Platz neben der Schiebetür.

Ich halte das hier nicht die ganze Nacht aus, dachte sie und sah aus dem Fenster. Es war Juli und noch nicht dunkel. Der Sommerhimmel in Berlin war grau wie der Winterhimmel in Berlin. An seinem unteren Rand leuchtete ein letzter Reststreifen Sonne. Es standen wenige Menschen auf dem Bahnsteig, um die Reisenden zu verabschieden. Wahrscheinlich war der ganze Zug voller Passagiere, die keine Freunde hatten. Hatte sie selbst etwa auch keine Freunde? Ihr Vater war beim Schachspielen, Sonja wartete auf die Musicaldarsteller, die aus dem Theater kamen und ihr Autogramme gaben, ihr Bruder legte in der Schweiz als DJ auf und tat, als würde er immer noch in Berlin studieren. Aber vielleicht war da ja trotzdem ein Fremder draußen, dem sie winken könnte.

Mascha stand auf und betrat den schmalen Gang. Es waren jetzt noch gute zehn Minuten, bis der Zug abfahren würde. Draußen sah sie sich einen Mann um die fünfzig an, der sich von einem Pärchen verabschiedete und nebenbei hastig rauchte. Er sah nicht übel aus, überlegte Mascha. Ob sie ihn küssen sollte?

Sofort schossen ihr allerhand Fantasien über Szenen in leeren

Sitzabteilen durch den Kopf, aber dann wurde sie von einer älteren Dame mit kurzem, grauem Haar aus den Träumen gerissen, die versuchte, sich an ihr vorbei zu drängeln.

»Enger geht's nicht!«, rief sie ihr ins Ohr und grinste.

Mascha wandte sich wieder dem Mann und seiner Begleitung auf dem fahlen Bahnsteig zu. Der Mann hatte dunkelblondes Dichterhaar. Dichter, so hatte Mascha einmal in einem Buch über Körpersprache gelesen, tragen Haar, das ihnen über die Stirn fällt, Dichterlocken zum Beispiel. Wobei es auch glattes Dichterhaar sein kann.

Vielleicht ist er ja ein Dichter. Oder Professor. Oder Französischlehrer. Dass er ein rosafarbenes Knöpfhemd trug, ließ auf einen sensiblen Charakter schließen, zu dem allerdings der starke und abgekämpfte Gesichtsausdruck nicht passten. Er wirkte etwas wie Klaus Kinski.

Das Pärchen hatte eine tiefbraune Hautfarbe. Ihre Kleidung erschien verwaschen und billig. Sie umarmten den Dichter und dieser warf seine Zigarette auf die Schienen, bevor er die Stufen zum Zug betrat. Er stand nun ein, zwei Meter von Mascha entfernt und sah dem Pärchen aus dem gekippten schmalen Fenster nach.

Mascha beobachtete ihn verstohlen von der Seite, bis er sich umwandte, sie eines kurzen, hellblauen Blickes würdigte, bei dem sein energisches Gesicht keine Miene verzog, und in sein Abteil ging. Mascha lächelte vergnügt, da es das Nachbarabteil war. Er zog die Vorhänge vor die Fenster.

›Bestimmt komme ich nie an ihn heran. Sicher ist er ein großer Dichter. Entfernte Männer sind die erotischsten. Weil sie einen nicht brauchen, liebt man sie umso mehr!‹, dachte Mascha. Zwei Schaffner in grauen Anzügen stiegen ein, schlossen die Tür und kurz darauf ruckte der Zug und alles begann, sich langsam nach vorn zu bewegen.

Eine alte Dame mit Pudel an der Leine winkte ihr zu und rief: »Au revoir! Au revoir!« Mit eindeutig deutschem Akzent. Bald darauf zogen Berlins bunte Reklamelichter und weiß erhellte Fenster an Maschas Augen vorüber und der Fahrtwind wuschelte über ihr braunes Haar. Sie verspürte plötzlich den Wunsch, das schräge, schmale Fenster herauszubrechen, um das Gesicht ganz in den Wind zu halten, als ein anderer viel schnellerer Zug an ihrem vorbei raste. Erschrocken zuckte sie zurück und begab sich wieder in ihr Abteil zu den dicken Engländerinnen.

»Tomorrow we go to Disneyland, okay?«, fragte die Rotlockige in die Stille. Die anderen nickten wie gutmütige Kühe. Da kam Mascha die rettende Idee: Es muss hier einen Speisewagen geben oder etwa nicht? Gibt es Züge ohne Speisewagen?

Gelangweilt sah sie aus dem Abteilfenster, als der Dichter aus dem Nachbarabteil mit drei kalten Bierflaschen vorbei schwankte, denn es war schwierig, während der Fahrt gerade zu gehen.

Wenn er ein Dichter wäre, würde er kein Bier trinken, wunderte sich Mascha, aber das heißt auch, es muss einen Speisewagen hier geben oder hatte er die Bierfalschen am Bahnhof gekauft? Aber wieso sollte er sie dann durch den Zug schleppen? Ob er einen Freund in einem anderen Abteil hatte, der einen Kühlschrank auf Reisen nimmt? – Nein, das ist Schwachsinn.

Mascha stand auf, betrachtete die Engländerinnen, deren Gesichter hinter Modemagazinen verschwunden waren, und nahm ihre Handtasche, um das Abteil erneut zu verlassen.

Sie ging in Richtung der Lokomotive, denn der Bier schleppende Dichter war dorther gekommen. Eine nach der anderen elektrischen Verbindungstüren zischten vor ihr auf. Mascha eroberte Waggon um Waggon in freudiger Erwartung des Speisewagens. Zuerst schwankte sie an weiteren Sitzabteilen vorbei, die ihrem eigenen glichen mit dem einzigen Unterschied, dass dort andere Reisende und andere Geschichten aufeinander getroffen waren. Einige dösten im Sitzen, andere lasen Bücher, spielten Karten auf dem kleinen Fenstertisch. Ein altes Ehepaar aß tatsächlich hartgekochte Eier aus einer 12er-Packung. »Das macht dann sechs Eier pro Esser!«, folgerte Mascha beim Vorantaumeln.

Der Gang durch die Abteile fühlte sich an wie der Marsch eines Entdeckers durch die Ungewissheit des Urwalds. Das Sausen bei jeder sich öffnenden Glastür kam einem Säbelschnitt durch das wirre Gesträuch gleich. Hinter jeder dieser Türen wartete ein neuer Waggon, der eine neue kleine Welt darstellte.

Der dritte besaß bereits Schlafplätze, sechs in einem Abteil. Die Menschen lagen ausgestreckt auf ihren kargen Betten wie in Gefängniszellen und schliefen nicht, denn es war ja noch früh. Der vierte war der Waggon der ersten Klasse. Die Räume waren mit hellen Holzmöbeln und zwei weichen, weiß bezogenen Betten ausgestattet. Auf den Nachttischen fehlten Champagnerflaschen und auf den Betten die reichen Liebespaare in Abendgarderobe. Entweder konnte sich niemand die 1. Klasse nach Paris leisten oder die Fahrgäste waren allesamt im Speisewagen. Den erreichte Mascha nun endlich, es war der fünfte Waggon.

An einer edlen Bar hingen Wein- und Sektgläser verkehrt herum von der niedrigen Decke und ein rundlicher Bahnbeamter in weißer Kochweste stellte eine Kartoffelsuppe auf die schwarze Theke. Weiter hinten aßen die Reisenden an fein gedeckten Tischen zu Abend und direkt vor der Bar hatte sich eine Gruppe um einen langen Bistrotisch gesellt, eingehüllt in ihre Rauchschwaden. Am Fenster gab es eine Bank, auf die Mascha sich setzte. Ein dunkelhaariger Mann in den Zwanzigern nickte ihr freundlich zu und zog an seiner Marlboro.

›Man darf hier rauchen!‹, freute sich Mascha und kramte in ihrer Tasche nach den Zigaretten.

»Hübsches Etui!«, murmelte ein junger Schönling auf Französisch, der am Bistrotisch gegenüber an einem Wasserglas nippte.

»Danke. Kommt ihr aus Berlin oder reist ihr zurück nach Paris?«, erkundigte sich Mascha in die Tischrunde und begann damit, sie ausführlicher zu betrachten.

Neben ihr der brünette Marlboro-Mann. Er starrte interessiert auf den Buchrücken seines Nachbarn, von dem nur graues, penibel frisiertes Haar und ein schwarzes Brillengestell zu erkennen waren. An Stelle des Gesichts las man auf einem Plastikumschlag: »Jacques Derrida – zur Einführung«.

»Ich bin aus Paris!«, krächzte eine grauhaarige Dame auf Französisch, die bis dahin nur versonnen gelächelt und gelauscht hatte.

»Wie ich! Aus welchem Distrikt kommen Sie? Ich wohne in der Nähe vom Gare Austerlitz!«, begann der Schönling ein Geplauder mit ihr. Neben ihn setzte sich ein kräftiger Glatzkopf mit dunkelblauem Muskelshirt und forschem braunen Blick.

»Ich bin aus Hannover!«, gab der Marlboro-Mann bekannt und reichte Mascha sein Feuerzeug.

So posaunte jeder am Tisch seine Herkunft heraus. Ein rothaariger Dozent der Theaterwissenschaften amüsierte Mascha besonders.

»Vielleicht bist du bald mein Professor!«

»Welchen Abi-Durchschnitt hast du denn gehabt?«

»2,2.«

»Na, das wird nichts mit Theaterwissenschaften in Berlin.«

»Wieso nicht?«

»Wir nehmen nur Leute von außerhalb mit mindestens 1,2.«

»Wieso haben die Berliner keine Vorteile?«

»That's shit!«

Die Reisegemeinde wandte sich dem neuen Gast in der Tischrunde, der mit diesem Ausruf auf den Buchrücken von »Jacques Derrida – Zur Einführung« geschlagen hatte.

Der Dichter! Mascha war entzückt und verblüfft zugleich. Der Dichter hatte mit seinem Statement dafür gesorgt, dass nicht nur die Tischrunde, sondern alle Augen des Speisewagens auf ihn gerichtet waren.

›Wenn er beurteilen kann, ob Derrida shit ist, wäre er vielleicht tatsächlich ein Gelehrter!‹, schlussfolgerte Mascha.

»Did you read it?«, erkundigte sich der gut frisierte Buchbesitzer mit scheuer Stimme. Jetzt sah man seine lange Nase, auf der die Randbrille thronte, als würde er sie selbst im Schlaf tragen, so perfekt passte sie sich dem Nasenrücken an.

»It's shit!«, gab der Dichter zur Antwort und zuckte mit den Schultern. Er hatte eine solche Gelassenheit in seine Worte gelegt, dass man darin seine gesamte Lebenssattheit spüren konnte. Alles war shit, nicht nur Derrida. Mit demselben Überdruss sah er Mascha an und fragte dann besänftigt: »What's your name?«

»Mascha!«, gab diese mit verklärtem Lächeln zurück.

»Mascha, Mascha, Mascha, you are Russian?«

»No. My mother liked the name. I am German and a bit from every country. You know what I mean?«

»No.«

»My grandparents of my grandparents, my Ur-Ur-grandparents, they came from Romania.«

Wieder zuckte der Dichter mit den Schultern und nahm gleichgültig einen Schluck aus seiner Bierflasche.

»And what's your name?«, versuchte Mascha seine Aufmerksamkeit zu gewinnen. Sie erschrak leicht vor seinem stark durchbluteten Gesicht. Als ob zu viel Leben in ihm wäre, zu viel gelebtes Leben.

»My name …« Der Dichter lächelte spöttisch seine Flasche an und wandte sich zur Bar. Er bestellte ein neues Bier und bemerkte entweder den verächtlichen Blick des Gastwirtes nicht oder war an verächtliche Blicke gewöhnt. Als er sich wieder nah bei Mascha auf die Tischplatte stützte, versuchte sie ihre Frage erneut.

»What's your name?«

»Kasper!«, entgegnete er mit trauriger Stimme, als spräche er zu seiner Flasche.

»Kasper, that's a sweet name!«, freute sich Mascha.

Der Dichter versuchte ein Lächeln und strich sich das dunkelblonde Haar aus dem Gesicht.

Nach einer Pause fragte Mascha: »And why is it shit, the book?«

»Mascha, Mascha!« sang der Dichter zurück.

»Mascha, tu parle français?«

»Oui, un peu.«

»Mascha, dit moi: Pourquoi je ne fait rien? Warum mache ich nichts?«

»Du machst nichts?«

»Pourquoi je ne fait rien?«

»Why do you say that?« Mascha taumelte zurück ins Englische. Der Dichter trank.

»I live on the street. Since twenty years I live on the street.«

»Oh.«

Mascha wusste nichts mehr als dieses »Oh« zu antworten. Ihr Dichter war ein Penner – oder vielleicht beides.

»But Kasper, you are thinking, you are dreaming, you are breathing, you are living! That is something! You don't do nothing.«

»Pourquoi? Pourquoi je ne fait rien?«, erhielt sie wieder und wieder zur Antwort, bis Kasper plötzlich das alte Derrida-Thema wieder aufnahm.

»Derrida hat gesagt …«, begann er jetzt auf Deutsch mit leicht undefinierbarem Akzent, als wäre seine Muttersprache eine eigene, selbst entworfene.

»Derrida hat gesagt, man muss das Unmögliche tun, man muss das Unmögliche denken und tun. Wenn nur das geschähe, was möglich ist, geschähe gar nichts mehr. Wenn ich nur das täte, was ich tun kann, würde ich gar nichts tun. Mascha, wieso tue ich nichts?«

Mascha staunte und schwieg.

»Es ist in diesem Fall schwierig, etwas zu tun, oder?«

»Nein. Ich könnte etwas tun, aber ich weiß nicht, was. Ich weiß nicht, wieso ich nichts tue. Ich weiß nicht, wie ich das Unmögliche tun soll. Ich tue nichts.«

»Vielleicht meinst du, dass du nichts bewirkst?«

»Ich bewirke nichts, weil ich nichts tue. Ich bin gefangen in meinem Leben, in meinem Unwissen, meinen Erinnerungen, in der Welt. Ich bin wie gefesselt. Was ist unmöglich? Es ist unmöglich, das Unmögliche zu tun! Meine kleine Schwester – she died because of cancer. Cancer in her breasts, and after that cancer everywhere. She was 44. Schnapszahl, haha, eine Schnapszahl –«

Mascha runzelte die Stirn und sah ihn mitleidig an, aber er schien wieder nur mit seiner Flasche zu sprechen.

»Und, du mochtest sie sehr, deine Schwester?«

»Mascha, Mascha. Wie sagt man? Breast cancer. Cancer du sein. Brustkrebs sagt man auf Deutsch. Ich werde sie nicht mehr besuchen. Aber vor allem will ich wissen, was sie von meinem neunen Lieblingsfilm hält. Er heißt »Herr der Ringe«, jeder Idiot kennt ihn, nur meine Schwester nicht. Ich habe ihn im Freilichtkino gesehen, von einer Mauer aus. Ich will noch mehr von ihr wissen. Ich will wissen, ob ihr diese neuen Döner mit Hühnchen schmecken. Ich will wissen, ob sie mit mir auf die Demonstration gegen den Irak-Krieg geht, ob sie heute traurig ist oder fröhlich, aber sie gibt keine Antworten mehr. Weißt du, Mascha, sie mochte diese kleinen Buttermilchdrinks. Die gibt es jetzt als Joghurt, von derselben Firma! Die sind gut für die Abwehrkräfte, du weißt schon, diese überzuckerte Scheiße, ich will wissen, was sie davon hält. Ich will wissen, was sie denkt! Das ist das Unmögliche!«

»Aber wir können uns vorstellen, was sie denkt, anhand ihres Charakters.« Mascha wurde hilflos.

»Einbildung befriedigt aber nicht meine Bedürfnisse. Meine Bedürfnisse sind ihre Meinung über Dinge, die es nicht gab, als sie noch lebte. Meine Bedürfnisse sind Wahrheiten. Wenn die Menschen hungern, hilft es nichts, dass sie sich ein Buffet vorstellen. Das ist nur Quälerei! Unmöglichkeiten! Das ist nur Gequatsche! Alors, Mascha, dit moi: pourquoi je ne fait rien?«

Vielleicht war er doch ein Dichter, überlegte sich Mascha und drückte sich an seinem Rücken vorbei an die Theke. Er roch nach Tabak und Waschpulver. Sie hielt sich am Tischrand fest, um ihr Schwanken in den Griff zu bekommen. Das kollektive Schwanken der Reisenden erinnerte an einen Brieftaubenstall voll von nickenden Vögeln. Obwohl sie alle voneinander so verschieden waren, der obdachlose Dichter, die alte, grinsende Frau, der Marlboro-Mann, Maschas möglicher Dozent, der Schönling, der Glatzkopf mit Muskelshirt und der ruhige Brillenträger, so schwankten ihre Körper doch alle einvernehmlich im selben Takt und so warteten sie doch alle auf ein Erlebnis wie die Brieftauben auf ihren nächsten Flugdienst.

Als Mascha mit einem Weißwein wieder am Tisch angekommen war, hielt der Zug bereits in Belgien. Zumindest hatte jemand an der Theke etwas von Belgien gemurmelt. Draußen sah man nichts als einen finsteren Bahnhof und das Spiegelbild der Tischgruppe, das neben dem Waggonfenster schwebte. Die Unschärfe der Spiegelung erinnerte an eine traumhafte Parallelwelt. In dieser Welt beobachtete Mascha den Schönling, der eine Käseplatte bestellt hatte. Er verteilte die nach ihren verschiedenen Gelbtönen angeordneten Scheiben auf ein Baguette. Neben ihm die Dame mit den kurzen grauen Haaren, die ihn versonnen anlächelte (sie schien keinen anderen Gesichtsausdruck zu besitzen, wahrscheinlich würde sie auch noch als Leiche grinsen, überlegte Mascha). Der Herr mit der Randbrille hatte eine Diskussion mit dem rothaarigen Dozenten begonnen, der bereits seine zweite Zigarettenschachtel öffnete und das silberne Schutzpapier heimlich auf den Boden gleiten ließ. Der Glatzkopf sah ziemlich gelangweilt zu Mascha herüber, während der Marlboro-Mann neben ihr angefangen hatte, das schwer gescholtene Derrida-Werk in Augenschein zu nehmen. Er tat dies ebenfalls aus purer Langeweile und hätte nie einen Satz Derridas gelesen, würden sie hier nicht allesamt in ihrer eigenen Reise eingepfercht sein.

Aber wo war Kasper? Nach kurzem Suchen erspähte sie ihn an der Bar. Er stritt mit der Bedienung, die sich sträubte, noch eine Bestellung entgegenzunehmen.

»Jetzt machst du mal ne Pause!«, ermahnte ihn der dicke Wirt.

»Kennen wir uns? Sie duzen mich? – Ich mache Pause, wann ich will, klar?«

»Ich glaube, Sie gehen mal in Ihr Abteil zurück! Es gibt hier noch andere Gäste, die sich unterhalten wollen, und wenn Sie weiter so laut sind, muss ich Sie zwingen, dieses …«

»Ich hätte gerne ein Bier!«, unterbrach Mascha den Disput und lächelte schelmisch in Richtung Bewirter.

Kasper schien beinahe zu glücklich über sein Geschenk, denn als die beiden wieder am Tisch angekommen waren, legte er seinen Arm um Maschas Taille und flüsterte ihr ins Ohr: »Mascha, Mascha, tu es un ange, ein Engel, tu viens avec moi, in mein Abteil, nicht?«

Bevor Mascha auf seine nach Schnaps riechenden Aussagen reagieren konnte, verschwand er auf dem Weg zur Toilette.

»Pass mal lieber auf!«, erklärte der Dozent mit dramatischer Stimme.

»Wieso?«, fragte Mascha.

»Der Typ lebt auf der Straße und eben hat er sich ja schon ganz schön an dich herangemacht. Also ich glaube, du musst vorsichtig sein.«

In seinen Worten lag dieselbe Geringschätzung wie in den Blicken des Gastwirts. Dann fischte er eine neue Gauloise aus der Schachtel und entzündete geschickt ein Streichholz.

»Aber er ist doch ganz lustig!«, verteidigte Mascha den Dichter.

Der Dozent brummte etwas Unverständliches, es hörte sich ziemlich skeptisch an. Mascha seufzte.

»Ich lade euch ein!«, rief der Schönling auf einmal in die Runde und als hätte der Lockführer es gehört, begann der Zug sich wieder in Bewegung zu setzen. Mascha winkte Belgien und versuchte, die Einladung abzuwimmeln, aber nur aus Höflichkeit. Schließlich lehnte man viele Dinge nur aus Höflichkeit oder Vernunft ab und nicht, weil man auf sie verzichten wollte.

Schließlich trank man Wein um Wein, Bier um Bier und rauchte, bis die letzte Schachtel leer war. Derrida wurde noch mehrmals von Kasper als »shit« diffamiert und der Marlboro-Mann hatte begonnen, beim Schönling Französischunterricht zu nehmen.

»Die Franzosen sind arrogante Deppen!«, raunte plötzlich der Glatzkopf im glänzenden Kunstfaser-Hemd.

Mascha betete in Gedanken, dass die Franzosen im Waggon kein Deutsch verstünden.

»Wieso?«, fragte Mascha vorsichtig nach.

»Ach, ich weiß nicht, als ich das letzte Mal in Paris war, da sind die alle an einem vorbei gerannt mit erhobenen Nasen.«

»Mit erhobenen Nasen?«

»Ja.«

»Aha.«

»Alles solche Schnösel. Man konnte nicht mal nach dem Weg fragen, ohne blöd angemacht zu werden. Wir wollten ein Bier am Bahnhof trinken, da haben die einen wieder angeglotzt, als ob sie was Besseres wären, diese Deppen!«

Mascha sah zum Schönling hinüber, der kein Wort zu verstehen schien. Zum Glück. Er wiederholte gerade mit äußerst betonten Silben den Satz: »Acceptez – vous – des – cartes – crédit? Acceptez vous des cartes crédit? – Répète!«

Der Marlboro-Mann sprach ihm nach: »Acceptez vous des ...«

Währenddessen hatte der Gastwirt ein weißes Tischtuch an der niedrigen Decke befestigt, das nun wie eine Kapitulations-Fahne vor seinem Kopf hing.

»Hey, noch ein Bier!«

Kasper schien seine Freude am Unmöglichen zu entdecken.

Der Wirt spähte vorsichtig hinter seinem weißen Vorhang hervor.

»Wir haben zu! Kannst du nicht sehen?« Er deutete hilflos auf seine Tischdecken-Fahne.

»Ich kann sehen und ich sehe Bier in deinem Kühlschrank!«

»Ach, auf einmal sind wir doch per du?«

»Ein Bier!«

Kasper streute goldene Centstücke auf die schwarze Theke.

Der Gastwirt schüttelte verärgert den Kopf und verschwand hinter seinem schützenden Tuch. Man konnte nur noch seinen Schattenriss sehen.

»Mascha, Mascha.« Kasper sang ihren Namen jetzt viel trauriger.

»Kasper, Kasper«, stimmte Mascha mit ein.

»Ich gehe Zigaretten suchen!«, verkündete sie und drängte sich an der Runde vorbei. Sie waren die letzten im Speiswagen und standen dort wie Geister in ihrem Nebel aus Qualm.

Mascha schien jetzt noch stärker zu schwanken als bisher. Die Verbindungstüren zischten erneut zu beiden Seiten auf und Mascha überschritt die zugigen Zwischenräume der Waggons. Unter ihr ratterten die Räder. Das Rattern erinnerte an Paukenschläge. Sie stieß auf ihrem Weg durch die engen nur noch schwach beleuchteten Waggons gegen Zug- und Abteilfenster und kam schließlich am anderen Ende des Zuges an. Dort lagen einige Reisende in Schlafsäcken und auf Rucksäcken nebeneinander auf dem Metallboden. Sie hatten wohl auch nur Sitzplätze gebucht und hier ein neues Quartier bezogen. Eine von den Schlafenden war die rotlockige Engländerin.

Mascha überlegte, wie sie weiter wandern sollte. Der Zug war zu Ende, aber wo war ihr Abteil? Sie musste vorbeigelaufen sein.

Auf dem Rückweg begegnete sie einem kräftigen, dunklen Franzosen, der sie lachend begrüßte und auf die Wangen küsste. Er hatte etwas von einem Zirkusdompteur, so voll war seine Stimme und so fidel seine Laune. Auch er sprang ins Englische über.

»You want to smoke?«

»Yes, yes! I was searching for cigarettes! Do you have any?«

»No, no, I said: smoke!«

Mascha verstand kein Wort und nickte lächelnd wie ein vergnügter Delphin.

Der Dompteur zog die Glastür auf und beide betraten ein Abteil, das Maschas glich, nur die Engländerinnen fehlten. An deren Stelle saßen ein junger Brillenträger vor seinem Laptop und sein dösender Kumpel, der eine Sportzeitschrift auf dem Schoß festhielt. Der Laptop-Typ blickte auf, stieß seinen dösenden Freund an. Kurz darauf waren beide verschwunden.

»Your friends don't smoke?«

Der Dompteur lachte und klappte das schmale Fenster auf. Mascha sah auf die Uhr. 3.27.

Als sie neben sich blickte, wurde ihr mit einem Mal klar, was der Dompteur mit »smoke« meinte und es wurde auch klar, weshalb seine Reisegefährten Reißaus genommen hatten. Genüsslich zündete er einen gewaltigen und geübt gedrehten Joint an. Sogleich war das Abteil vom süßlichen Grasgeruch erfüllt und Mascha war zu besoffen, um noch Angst vor einem Schaffner zu haben. Es war ja nicht ihr Abteil, es war ja nicht ihr Gras, nicht ihre Idee.

Sie nahm einen kräftigen Zug und begann, verträumt lächelnd den leeren Sitzplätzen ihr gegenüber zuzunicken, als erwartete die Welt ihre Bestätigung. Plötzlich sah sie alles mit großer Gelassenheit. Diese Reise, die Menschen im Speisewagen, ihre Sorgen, Kaspers Fragen, ihre eigene Einsamkeit und die Einsamkeit dieser Reisenden, denen niemand am Bahnhof gewunken hatte. Nur Kasper war verabschiedet worden. Sie amüsierte sich darüber. Vielleicht ist ein Leben auf der Straße immer noch glücklicher als in einer Familie, dachte sie kurz. Dann verschwamm der Raum, doch nicht durchgängig. Ab und zu erschienen ihr einzelne Gegenstände überdeutlich vor Augen. Zum Beispiel die hellgraue Asche, die von der Jointspitze rieselte oder die schwarzen, borstigen Bartstoppeln des Dompteurs, das blaue Koffernetz über den Sesseln, der offene Mülleimer unter dem Fenster, aus dem ein Strohhalm herausragte und mit einem Mal spürte sie ihr Blut langsam durch die Adern rauschen. Ihr Blut floss genauso gelassen wie ihre Gedanken. Es war das erste Mal, dass sie ihren Körper so intensiv fühlte. Es war nicht nur ihr Blut, das sie spürte, auch ihr rauchiger Atem, der langsam durch die Nase und die Lunge wanderte. Jede Bewegung ihrer Hände war ein Wunder in Zeitlupe. Als wäre sie jahrelang gelähmt gewesen und könnte erst seit einer Minute wieder fühlen. Sie bestaunte ihre Finger, lächelte schläfrig zum Dompteur hinüber und stellte sich vor, dass er weiße Tiger durch Feuerringe springen ließ. Es fehlte ihm nur der Zylinder. Sie sah ihm tiefer in die Augen und begann ihn zu küssen. Beide küssten sich heftig und auch dieser Kuss war in zehnfacher Stärke spürbar. Der Dompteur biss in Maschas Unterlippe und diese besann sich plötzlich wieder.

»I have to search some clothes in another part of the train!«

»You come back?«

»Sure!«, log Mascha benommen und torkelte weiter in Richtung Speisewagen, denn ihr Abteil hatte sie schon wieder verpasst.

Als sie im nächsten Wagon angekommen war, sah sie im Dunkeln den Schönling auf einem der kargen Hochbetten liegen. Sie öffnete vorsichtig die Tür und begrüßte die Schlafenden mit einem lautstarken »Bonne nuit!«

Der Schönling vertrieb Maschas Festlaune durch ein ermahnendes Brummen und bot ihr die Liege unter seiner an. Mascha erklomm das Hochbett über eine weiße Metallleiter, starrte noch eine Weile amüsiert auf die Sprungfedern über sich und verstaute ihre hochhackigen Schuhe am Fußende. Ihr war durch den Joint dauernd nach Kichern zumute, aber sie zwang sich, nur zu grinsen. Im Augenblick waren die Sprungfedern das Witzigste, was sie je im Leben gesehen hatte. Bald würden sie anfangen, mit ihr zu sprechen und kleine Knopfaugen bekommen, die Sprungfedern, irgendwann werden sie die Freiheit suchen und aus diesem Bett in eine andere Welt springen, eine hüpfende Familie gründen und sich zu Betten auf den Bergen formatieren!

Am nächsten Morgen riss ein Bahnbeamter die Tür auf und brüllte in drei Sprachen: »Guten Morgen! Es ist 7 Uhr – In 40 Minuten erreichen wir Paris- Gare du Nord! Good Morning, it's 7 o'clock …«

Mascha blinzelte und begann mit ihren allmorgendlichen Moralvorstellungen.

›So konnte es nicht weitergehen. So würde nichts Gescheites aus ihr werden. Sie dürfte eigentlich keinen Schluck mehr trinken. Eigentlich. Eigentlich sollten sie gar nichts ausschenken in solchen Zügen. Eigentlich …‹

Mascha zog ihre hohen Schuhe an und kletterte die schlanke weiße Metallleiter hinab. Ein Wunder, dass sie diese gestern unverletzt erklommen hatte, dachte sie.

Sie fand ihr Abteil wieder, in dem schon zwei dicke Engländerinnen saßen und die übriggebliebenen Bountys verspeisten. »Good Morning!«, murmelte Mascha.

»Hey, where did you sleep?«

»In the bed of an old Frenchman.« Mascha freute sich über ihre verdatterten Gesichter und verschwand in Richtung Speisewagen. Er würde jetzt bei Tageslicht alle Mystik verloren haben …

Mit dem bekannten Schwindelgefühl, zerzaustem Haar und einem bitteren, medizinischen Geschmack im Mund, betrat sie den morgenhellen Speisewagen. Der dicke Barmann hatte seine weiße Tischtuchflagge wieder eingeholt und erwartete die ersten und letzten Gäste dieser Reise. Mascha bestellte einen Kaffee und sah sich um. Der Schönling von gestern Nacht war der einzige, der vor einer ausgebreiteten Zeitung an einem weiß gedeckten Tisch saß und in einem Kaffee rührte. Gerade als Mascha ihren Pappbecher von der Theke nehmen und in seine Richtung schlendern wollte, hielt sie jemand am Arm fest.

»Mademoiselle Mascha! Tu as bien dormi?«

Kasper sah bei Tageslicht noch viel fertiger aus als bei künstlicher Beleuchtung. Das mochte an seinem übermäßigen Bierkonsum liegen.

»Oui, ich habe ausgezeichnet geschlafen!« Mascha lächelte.

»You drink a coffee with me?« Der spontane und nicht immer korrekte Sprung der Sprachen begann Mascha zu gefallen. Jede Unterhaltung wurde damit zum Spiel, und viele Sätze ließen sich plötzlich hemmungsloser aussprechen.

»Kasper, I want to show you something, okay?«

Kasper lächelte wieder seinen frischen Kaffee an wie in der letzten Nacht sein Bier.

»Kasper!«

Er wandte sich Mascha zu, grinste ironisch, wie zu erwarten, und fragte ruhig: »Yes?«

»I want to show you something! A postcard! I found it in my room in Berlin!«

»I can sleep in your room?«

»Äh, I don't know, look!«

Mascha kramte in ihrer Tasche und zückte schließlich die Postkarte, strich sie glatt und legte sie vor Kaspers Augen auf die Theke.

»Ah! C'est le Mont Ventoux, chérie!«

»Le Mont Ventoux?«

»Oui, kennst du ihn nicht? Ein hoher, hübscher Berg in Südfrankreich. Petrarca, ein Dichter aus Italien, hat ihn einmal bestiegen und darüber geschrieben, einen lustigen Brief. Das war der Anfang der Neuzeit. Er ist sich seiner selbst bewusst geworden, ganz allein auf dem Gipfel – und viele andere Dichter haben ihm nachgeeifert.«

Manchmal sprach Kasper wirklich wie ein Gelehrter. Woher wusste er eigentlich all diese Dinge? Hatte er auf der Straße oder in der Bibliothek gelebt?

Er wandte die Karte um und las vor: »Ihr Zug nach Paris geht um acht Uhr und fünf Minuten vom Hauptbahnhof, Madame. Ah, du hast die Reise gewonnen?«

»Nein, ich weiß auch nicht, wer das geschrieben hat und wie es in mein Zimmer kam. Ein Krückstock war auch dabei.«

»Ein Krückstock?«

»Ja! Ein weißer!«

»Vielleicht hast du dir ein Bein gebrochen, es vergessen und keine Schmerzen mehr gefühlt. Wenn man etwas vergisst, kann das Leid noch so groß sein. Man spürt es erst wieder, wenn man daran erinnert wird.«

»Nein, ich habe mir nichts gebrochen. Das Beste ist ja, dass jemand wirklich ein Zugticket am Bahnhof für mich hinterlegt hatte.«

»Ach, und deshalb haben wir uns getroffen? Ich denke, es war ein Engel!«

»Ein Engel? Nein, das ist Blödsinn. Eher ein Spinner.«

»Viele Spinner sind Engel.«

»Ach ja? Und du, Kasper, warst auch schon mal auf diesem Berg Mont?«

»Mont Ventoux! – Nein, ich nicht. Aber irgendwann einmal klettere ich hinauf. – Wieso?«

»Na, ich dachte, du bist auch ein kleiner Dichter, wie Petrarca.« Mascha lächelte verlegen.

»Ich? Wir sind alle Poeten, wenn wir wollen. Wir sind alle Philosophen, ohne es zu merken, chérie. Mascha, Mascha, gibst du mir deine Nummer?«

Mascha notierte in leichter Trance ihre Handynummer und gab Kasper zwei Wangenküsse. Er roch immer noch oder schon wieder nach Bier, aber vielleicht riechen wahre Dichter nach Bier.

»Es war mir eine Ehre, dich zu treffen, Mademoiselle Mascha!« Kasper führte eine feierliche Geste vor und wandte sich zum Gehen wie ein Darsteller in einem Theaterstück.

Mascha nahm dem feingliedrigen Schönling gegenüber Platz, der überrascht von seiner Zeitung aufsah und daraufhin das meditative Umrühren beendete. Sie sah neugierig auf ein kleines, rotes Heftchen neben seiner Untertasse.

»Was ist das?«, horchte sie ihn aus.

»Ich schreibe eine Oper. In Paris treffe ich einen Freund, der sich gut mit Jazz auskennt ... Wir werden so eine Art Jazz-Oper zusammen aufführen.«

»Hat sie einen Titel?«

»Nein, noch nicht. Aber ich denke, es wird sehr schön werden.«

»Natürlich. Vielleicht so ähnlich wie die Dreigroschenoper?«

»Nein, mehr Jazz.«

Mascha war gelangweilt, denn sie mochte keinen Jazz und eine Jazz-Oper ohne Titel mochte sie noch weniger. Sie palaverte mit dem Schönling noch ein wenig über Paris, trank ihren Kaffee aus und schwankte in die Schlange vor der Toilette, an der schon fünf Frauen mit Schminkbeuteln und Köfferchen standen.

Mascha harrte lange in dieser kleinen schunkelnden Schlange aus und beobachtete die neue helle Plattenbau-Landschaft, die am Fenster vorbei raste – wobei ja nicht die Landschaft, sondern der Zug raste – sie geriet ins Träumen und bemerkte nicht, dass das Zugklo frei geworden war.

»Hallo? Hallo?« – Die »Hallos« hinter ihr klangen immer ärgerlicher, bis eine dicke Frau mit blonden Locken und kirschrotem Mund sie in die Seite piekte und rief:

»Mademoiselle! Mademoiselle! Pourquoi vous ne faites rien?«

Mascha erschrak und betrat das Klo.

GOTT ISST MIT

Mascha hievte ihre Tasche und die weiße Krücke aus dem Zug und stand regungslos auf einem neuen Bahnsteig. Der Boden war ebenso grau wie in Berlin, nur die Ansagerin sprach französisch aus ihrem Lautsprecher. Mascha versuchte, zwischen den koffertragenden, sich umarmenden und gähnenden Gesichtern das von Jakob zu finden, aber sie entdeckte nur den rothaarigen Dozenten, der eine neu erworbene Schachtel Gauloises öffnete und sich eine Zigarette ansteckte.

Plötzlich sah sie zehn Meter von sich entfernt einen jungen, muskulösen Mann mit kurz geschorenem, schwarzem Haar stehen. Das musste Jakob sein. Sie hatte ihn attraktiver in Erinnerung, aber er sah immer noch gut aus. Seine großen blauen Augen, die lange, breite Nase und der weiche, sensible Kussmund waren ihr damals zuerst aufgefallen.

Mascha winkte ihm mit beiden Armen zu und er eilte zu ihr herüber.

»Na, hallo! Wie war die Reise?«

»Ach, sehr lustig. Ich habe viele Menschen im Speisewagen kennen gelernt.«

»Das ist schön. Du siehst ein bisschen müde aus. Ich bin mit dem Auto hier. Wollen wir erst einmal zu mir fahren?«

»Einverstanden. Deine Haare sind so kurz geworden.« Sie strich über seinen Kopf.

»Weil Sommer ist. Die wachsen ja wieder. – Bist du verletzt? Wieso hast du diese Krücke?«

»Nein, mir geht es gut, aber – es ist ein Glücksbringer.«

»Ein Glücksbringer? Du bist verrückt.«

Mascha glaubte, es wäre besser, ihm erst einmal nichts von der ominösen Nacht zu erzählen, in der ihre Unterhose verschwunden war.

Sie liefen an verschiedenen Zeitungsläden, Männern in Anzügen, einer betrunkenen Bettlerin und kleinen Imbissbuden vorbei. Ein dunkelhäutiger älterer Herr hatte Mascha ein Wow hinterher gerufen. Sie freute sich noch immer darüber, als Jakob ihre Tasche und die Krücke in den Kofferraum seines blauen BMW-Sportwagens hob. Mascha schlug die Autotür mit gewohnter Kraft zu.

»Pass doch bitte auf mit der Tür! Die Scharniere gehen kaputt, wenn du sie so zuschlägst! Mit Gefühl! Mit Gefühl! Das ist ein teures Auto!«

Mascha zog die Mundwinkel nach unten und sah ihn mit ihren großen braunen Augen an. Seine Geliebte ist dieser BMW, überlegte sie.

Wenig später standen sie im Stau und Jakob schob eine Chopin-CD ein.

»Magst du Chopin?«, fragte er eher gleichgültig.

»Ja, er hat doch etwas mit Regen komponiert ... Regenprelude? Das mag ich!«

»Kenne ich nicht.«

»Oh, naja, vielleicht heißt es auf Französisch anders.«

»Sein Körper ist hier begraben worden, aber sein Herz liegt in Polen!«

»Wirklich?«

»Ja. Ich liebe ihn! Wenn du magst, spiele ich dir zu Hause auf dem Klavier etwas von ihm vor!«

»Ja, gerne.«

»So, wie geht es dir, Mascha? Hast du einen Freund?«

»Nein, das heißt, manchmal habe ich Affären, aber nach ein

paar Wochen wird es mir langweilig und ich trenne mich wieder. Es war noch nicht der Richtige dabei.«

»Wieso wird es dir langweilig nach ein paar Wochen?«

»Ich weiß nicht. Die Männer, die mit mir zusammen sind, denken oft anders als ich. Ich meine, man muss nicht immer dieselbe Meinung oder dieselben Gedanken haben. Das wäre ja auch furchtbar. Aber manchmal fände ich es doch schön, wenn man sagen kann: ›Hey, ich habe eben das gleiche gedacht wie du!« oder »Das wollte ich auch eben sagen!‹ – Aber das ist es nicht nur. Viele haben gar keinen eigenen Verstand, sie himmeln mich an und lächeln verklärt, wenn ich mit ihnen spreche. Ich bin einfach nicht verliebt.«

»Aber vielleicht stellt sich die Liebe erst mit der Zeit ein.«

»Das glaube ich nicht. Entweder man liebt oder man mag. Jedenfalls ist es bei mir so eindeutig. Einmal war ich verliebt, aber er war schon verheiratet.«

»Das geht natürlich nicht.«

»Nein, es war mein Deutschlehrer. Er hat immer gesagt, dass man sich nicht aussuchen kann, in wen man sich verliebt. Da habe ich mich in ihn verliebt.«

»Dein Lehrer?« Jakob sah sie an, als ob das kein Beruf, sondern eine Hunderasse wäre. Mascha zuckte die Schultern.

»Das geht natürlich nicht! Meinst du, dass der Richtige, wie du ihn nennst, irgendwann zu dir kommen wird?«

»Ich hoffe doch.«

»Glaubst du auch, dass es einen Gott gibt, der dich zu deiner großen Liebe hinführt?«

»Puh, du stellst ja Fragen heute. Ich weiß nicht, ob ich an Gott glauben soll. Es kommt darauf an, wie man Gott definiert.«

»Also ich meinte genau den Gott, wie er in der Bibel steht. Es gibt ja nur einen biblischen Gott, oder?«

»Naja, ich kenne mich wahrscheinlich zu wenig aus, aber ich finde, man könnte es so für sich interpretieren: Es gibt diese große Kraft der Liebe, es gibt Momente, die einem erscheinen wie Wunder, es gibt das plötzliche Glück und Ereignisse, die einem ganz neue Lebenswege eröffnen. Wenn all diese Dinge eine große Macht wären, dann könnte man diese Macht Gott nennen. Ich bin oft etwas kindisch und bete dann zum Himmel, obwohl ich denke, dass dort niemand ist, der mich hört. Aber manchmal geschieht wirklich, worum ich am Abend zuvor gebetet habe und dann überkommt mich ein verwunschener Schauer.«

»Das ist interessant, was du erzählst, aber das ist nicht der biblische Gott, an den du glaubst. Das, was du meinst, hört sich an wie ein eigener, erfundener Gott.«

»Das war ja auch nicht meine Meinung. Ich finde, es kann genauso gut sein, dass die Menschen seit jeher einen Sinn in dieser verrückten, chaotischen Welt gesucht haben. Oftmals, weil sie traurig waren, weil ihre Liebsten gestorben sind, weil kleine Momente ihr Leben zerstörten oder weil es Kriege und Krankheiten gab. Man hat einen Verantwortlichen für all den Wirrwarr gesucht und da hat sich ein ›allmächtiger Gott im Himmel‹ gut geeignet. Ich meine, es könnte so sein, wie Camus sagt. Dass Gott nur erfunden wurde, um dem absurden Leben einen Sinn zu geben. Aber eigentlich muss man akzeptieren, dass alles absurd ist, und nicht an diese Erfindung glauben.«

»Mm, aber wie erklärst du dir all diese Wunder, die es gibt? Wie konnte Chopin diese Melodien komponieren? Wieso gibt es die verschiedensten Sorten von Tieren und Blumen? Wieso können wir Kunstwerke, Musik, Visionen erschaffen? Wieso ist das Leben auf diesem Planeten entstanden? Ein paar Grad Celsius mehr oder weniger, und nichts würde hier mehr leben. Aber die Bedingungen und die Entfernung von der Sonne sind perfekt. Ich denke, dass es einen Gott gibt, dem wir das zu verdanken haben.«

»Ich kann mir einfach nicht vorstellen, dass eine einzelne Gestalt für all das verantwortlich sein soll. Außerdem gehört doch das Wundervolle, von dem du sprichst, auch zum Absurden! Es ist ein Zufall, dass wir hier sind. Vielleicht gibt es in einem anderen Sonnensystem eine andere Erde, andere Lebensformen, die an andere Götter glauben.«

Jakob sah gekränkt aus und schwieg. Mascha erinnerte sich an ihre romantischen Tage damals am Meer. Auf der Dune de Pyla hatte er sie schon einmal gefragt, ob sie an Gott glaube. Wahrscheinlich war er Katholik oder so was.

Beide wechselten das Thema und hielten schließlich vor einem Einkaufcenter.

»Die haben nicht die richtige Hülle hier. Mein Handy ist noch gar nicht auf dem Markt, verstehst du? Die Hüllen liefern sie erst später.«

»Mm.« Mascha sah müde auf die hellen Regale. Das war jetzt der vierte Laden, in dem sie eine Plastikhülle für sein neues Modell gesucht hatten.

Jakob wischte sanft über das Display seines Mobiltelefons und wickelte es in ein weißes Stofftuch.

»Gehen wir was essen?«, bot er an. Wenige Minuten später saßen sie in einem Schnellimbiss. Die jungen dunkelhäutigen Köche hatten freundlich einen gewaltigen Reisberg und leicht verbrannten Lachs auf Maschas Teller gehäuft. Jakob bevorzugte leicht angebrannten Schinken mit einem ähnlichen Berg Bratkartoffeln. Sie aßen stumm und langsam. Mascha sah aus dem Fenster. Man hatte für die Kinder einen Pool gebaut, in dem sie in kleinen elektrischen Booten im Kreis fahren konnten.

»Das ist schön für die Kinder!«, bemerkte Mascha und nahm einen Schluck Eistee.

»Ja. Sie lassen sich immer etwas einfallen. Mascha, ich wollte dich noch einmal wegen unseres Gespräches vorhin fragen. Wieso glaubst du nicht an Gott?«

»Puh. Ich habe nicht gesagt, dass ich nicht an ihn glaube. Ich habe gesagt, es hänge von der Interpretation der Bibel ab, ich …«

»Die Bibel kann man nicht interpretieren!« Jakobs Gesicht verfinsterte sich, weshalb Mascha leicht zurückzuckte.

»Wieso … ich meine … es ist doch klar, dass sich viele Dinge nicht genau so abgespielt haben, wie sie in der Bibel stehen. Ich denke, vieles bedeutet etwas Anderes. Zum Beispiel Jesu Gang über das Wasser. Entweder es war ein Trick dabei oder es bedeutet etwas Anderes. Vielleicht war er der erste Surfer.« Mascha schmunzelte.

»Das denke ich nicht. Die Menschen, die die Bibel geschrieben haben, empfingen doch die Worte von Gott, und Gott würde nicht lügen.«

»Ich meine ja auch nicht lügen. Ich meine etwas umschreiben. Ein Wort kann hundert Bedeutungen tragen.«

»Aber Gott wählt eine eindeutige Sprache.«

»Woher …« Mascha gähnte.

»Mascha, ich denke es bringt nichts, mit dir darüber zu diskutieren. Du bist noch müde von der Reise und …«

»Ja, aber ich möchte gerne von dir wissen, wieso wir die ganze Zeit über Gott sprechen, Jakob. Bist du denn so gläubig?«

»Ich habe dieselbe Religion wie meine Eltern.«

»Und deine Eltern sind katholisch?«

»Nein. Wir sind témoins de Jehova.«

Mascha kramte nach ihrem Wörterbuch.

»Entschuldige, mein Französisch ist nicht mehr so gut. Ich schlage es kurz nach. T… Te… téméraire… témoignage… le témoin – der Zeuge. Also, dann seid ihr … Zeugen Jehovas?«

»Genau! Zeugen Jehovas! Kennst du sie?«

Mascha sah ihn entgeistert an und griff, um nicht sprechen zu müssen, nach der Eisteedose. Dann fasste sie sich wieder. Sie hatte vor, vier Wochen in dieser Familie zu verbringen. Wieso hatte er das erst jetzt erzählt? Unfassbar. Schließlich hatten sie doch damals am Strand … Das war doch nicht sonderlich keusch gewesen.

»Na klar kenne ich die Zeugen Jehovas! Also, ich habe noch nie welche persönlich kennen gelernt, aber man hört oft etwas von ihnen im Fernsehen, in der Zeitung. Einmal standen eine Frau und ein Mädchen bei mir vor der Tür. Sie wollten mir eine Zeitung verkaufen. Es ist ja eine sehr … verbreitete Religion …«

Mascha schluckte und pfefferte, nur um etwas zu tun, ihren Reisberg auf dem Teller.

»Ja, sehr verbreitet. Es gibt Millionen Zeugen von Jehova auf der Welt.«

»Beeindruckend – und seit wann bist du Mitglied?«

»Seit meiner Taufe vor drei Jahren. Ich besuche jede Woche den Bibelunterricht und den Königsreichssaal.«

»Den Königsreichssaal?«

»Das ist unsere Kirche. Jeden Sonntag ziehen wir uns fein an und gehen zum Gottesdienst. Ich erzähle dir später davon. Wir haben so viel Zeit, uns darüber zu unterhalten, Mascha. Ich kann dir alles erklären. Ich kann dich auch einmal mitnehmen, wenn du magst.«

In Jakobs Gesicht flammte Begeisterung auf.

»Das ist ja toll!« Mascha lächelte gequält, als bekäme sie gerade ihre Henkersmahlzeit serviert.

VERSTEHST DU?

»Schau mal, der Louvre!« Mascha deutete kindlich erfreut auf die fünfte Sehenswürdigkeit, an der sie vorbei tuckerten, denn nie war eine Straße unbefahren.

»Ja, ja, übrigens wohnen wir nicht direkt in Paris, sondern in einem Vorort.«

»In einem Vorort?« Mascha sah die Fernsehbilder von brennenden Polizeiwagen und geplünderten Supermärkten vor Augen.

»Ja, es ist sehr schön dort. Ich mag die Stadt nicht. Es ist so voll, so laut, so hektisch und überall sind Touristen.«

»Schrecklich!«, murmelte Mascha verlegen.

Nach einer halben Stunde hielt der BMW in einem dunklen Parkhaus. Mascha versuchte, die Wagentür so sanft wie möglich zu schließen.

»Du lernst dazu!«, rief Jakob grinsend und drückte ihr Krücke und Tasche in die Hand.

Mascha schwang die Krücke auf ihre Schulter und stapfte hinter Jakob her.

Draußen angekommen, sah Mascha an den gewaltigen tabakbraunen Hochhausbergen empor. Sie gingen über einen runden Platz, auf dem gelbe Rosen blühten. Reste eines kleinen Lagerfeuers lagen auf dem Pflasterweg und ein paar Jugendliche in weiten Jeanshosen saßen rauchend auf einer Metallbank. Jakob nickte ihnen zu und schritt weiter zu einem der Hochhäuser. Aus der Tür kam gerade eine kleine dunkelbraune Frau, die bunte und extravagant kurze Kleidung trug. In ihrem schwarzen, kinnlangen Haar war sehr viel Haarspray und ihr Mund glänzte so rot wie ihre Stöckelschuhe. Wohin sie in diesem Outfit wohl ging? Für die Disco war es zu früh.

Als sie Jakob entdeckte, begrüßten die beiden sich herzlich und auch Mascha küsste die Fremde auf beide Wangen. Sie wirkte gutherzig und erzählte von ihrem geplanten Einkauf.

»Das war meine Mutter.« Jakob schloss die Tür mit Hilfe einer Plastikkarte und eines Geheimcodes auf.

»Deine Mutter? Aber du …«

»Man sieht es nicht, oder? Niemand würde denken, dass wir verwandt sind. Sie stammt von Martinique. Aber ich komme sehr nach meinem Vater, weißt du.«

Mascha nickte und nahm den fauligen Geruch im rotbraunen Hausflur wahr.

Im fünften Stock stoppte der Fahrstuhl und wieder ging Mascha Jakob hinterher, als der Nachbar die Tür öffnete.

»Oh, Jakob, du hast Besuch!«

Der Herr war ein langer, dürrer Mann, etwa Mitte vierzig, mit olivenschwarzen, traurigen Karpfenaugen. Sein Gesicht war schmal und flach wie eine hohle Hand. Das Weiß seiner Augen und Zähne stach ganz besonders daraus hervor, weil seine Haut und Haare so dunkel wie bei einem schwarzen Schachkönig waren. Er hatte keine Lachfältchen, aber seine Nase wölbte sich über dem Mund zu breiten Nasenflügeln. Sicher könnte er mit zwei Fingern in einem Nasenloch bohren. Das war praktisch, dachte Mascha und vergaß ihre gute Erziehung.

Die Haut des Nachbarn war tatsächlich viel dunkler als die von Jakobs Mutter, allerdings vernarbt. Wahrscheinlich hatte er als Jugendlicher Akne gehabt. Seine Haut war so espressoschwarz, dass es Mascha faszinierte, ohne zu wissen weshalb. Ob seine Haut auch nach Kaffee roch? Sein Haar war noch dunkler und wüst, denn es hatte winzige Wellen, wie nach einem Stromschlag. An seinen Unterarmen und an seinem schlanken Hals schlängelten sich dunkelblaue Sehnen, die an Blitze erinnerten. Vielleicht stand er ja auch unter Strom.

Mascha lächelte ihn mit der Dummheit einer Fremden an, denn sie verstand nicht, was er erzählte. Er sprach zu leise und hustete zwischen den Sätzen.

»Das ist Madu. Er kann dir Paris zeigen, wenn ich arbeiten muss!«, meinte Jakob.

»Das wäre sehr freundlich!«

»Klingel einfach bei mir.« Madu lächelte, räusperte sich, strich über seinen flaumigen Kinnbart und verschwand im Fahrstuhl.

Jakob öffnete die Wohnungstür und ein Chihuahua mit kurzem Fell und spitzen Ohren raste kläffend in den Flur hinaus. Er wedelte mit dem Schwänzchen und flitzte zum Ende des Flurs und wieder zurück zur Wohnungstür. Er sprang an Jakob und Mascha hoch und hastete bellend und jaulend wieder davon. Jakob rief jubelnd seinen Namen, er hieß Zippi. Nach einer Weile hatten sich Hund und Herrchen endlich beruhigt und man betrat die Wohnung.

»Ich zeige dir dein Zimmer, ja?«

Mascha nickte und sah sich um. Die Wände trugen warme Farben, Rot- und Gelbtöne. Es roch nach Schweiß und Mittagessen. Im Wohnzimmer hatte sie eine rot geblümte Sofaecke und Jakobs Klavier bemerkt. Einige Kleider, Spielzeuge des Hundes und anderer Kram lagen wild verstreut in den Zimmern. Die Küche schien die kleinste auf der Welt zu sein. Im Waschbecken erhob sich ein Geschirrberg und auf dem kleinen Esstisch standen zwei große leere Kaffeetassen, die sehr verliebt wirkten. Auf einem Holzstuhl saß eine graue, dicke Katze und sah Mascha mit neugierigen grünen Augen an.

»Das ist Chloé. Sie ist sehr scheu«, kommentierte Jakob.

»Verträgt sie sich denn mit Zippi?«

»Naja, sie gehen sich aus dem Weg. So, das ist dein Zimmer, Mascha!«

Maschas Zimmer war ein Kinderzimmer. Rechteckig, mit einer dunkelblauen Tapete, auf die Sterne geklebt waren. Der Rest erinnerte an einen Spielzeugladen. Es gab Unmengen von Plüschtieren, ein Dreirad, ein Schaukelpferd, Comichefte, Barbies, eine Spielkonsole und ein großes rosa Himmelbett.

»Wer wohnt denn hier?«

»Meine Nichte. Ich habe noch zwei ältere Geschwister und manchmal wohnt die Tochter meines Bruders bei uns. Gefällt es dir?«

»Mm.«

Mascha legte die Krücke und die Tasche auf das Bett.

»Soll ich dir etwas vorspielen im Wohnzimmer? Chopin? Beethoven? Rachmaninow?«

»Ja, gerne.«

Mascha saß müde und immer noch sehr verwirrt auf dem rot geblümten Sofa, nippte an ihrer Cola und betrachtete Jakob über den Wandspiegel. Mit angestrengtem, konzentriertem Gesicht, das Kinn auf die Brust gelegt, hämmerten seine Finger auf die Tasten des Klaviers ein. Zippi saß auf dem Plastikparkettboden und betrachtete beide aufmerksam.

»Was ist das für ein Lied? Das mag ich.«

»Das ist Rachmaninow, eine Prelude, Nummer 23, glaube ich.«

Die Zimmertür öffnete sich und ein grauhaariger, hellhäutiger Mann mit verschwitztem Gesicht trat ein. Unter seinem Unterhemd wölbte sich ein beachtenswerter Bauch, sonst trug er blaue

Boxershorts. Er hatte große Ohren und beißend blaue Augen, von denen das rechte größer schien als das linke. Dieses unausgewogene Aussehen gab seinem Gesicht etwas Heimtückisches. Seine lange Nase, die am Ende in einem Knubbel auslief, mischte unter das Heimtückische eine gewisse Komik. Als wäre er nur die Karikatur eines Mörders.

Alles an ihm schien leicht schief. Seine Augenpartie, der Zug um seinen Mund, sein langsamer Entengang, seine Begrüßungsgesten.

»Du bist also Mascha! Ich bin Heino. Jakob hat mir viel von dir erzählt. Du bleibst jetzt vier Wochen hier. Das ist ja schön! Das ist ja super! Dann können wir uns lange unterhalten! Ich habe nämlich noch eine Woche Ferien. In Frankreich hat man einen Monat lang frei, verstehst du?«

Mascha nickte.

»Verstehst du, ja?«

»Ja.« Mascha sah ihn mit geweiteten Augen an.

»Mascha klingt so russisch, kommst du aus Russland?«

»Nein, nein, aus Berlin, aber meine Ur-Ur-Großeltern kamen aus …«

»Und was willst du später einmal arbeiten?«

»Ich möchte Intendantin beim Theater werden.«

»Ach, aber das ist sehr schwierig, oder? Hast du schon einmal am Theater gearbeitet?«

»Ja, kleine Praktika in der … ähm … in der Werbeabteilung. Es ist auch sehr schwierig, einen Studienplatz zu finden.«

»Naja, man muss ja nicht studieren. Ich habe auch nicht studiert. Doch! Ein Bibelstudium habe ich absolviert, verstehst du? – Puh, ist das heiß.« Jakobs Vater zog sein Unterhemd aus und setzte sich gegenüber von Mascha in einen Sessel. An seiner Schulter sah man eine lange Narbe.

»Ach, das wundert dich, was? Als ich ein kleiner Junge war, dreizehn Jahre alt, da bin ich mit dem Fahrrad von der Schule nach Hause geradelt, verstehst du?«

»Ja.« Mascha war langsam von dieser Fragerei genervt.

»Ich fahre also nach Hause, auf einmal kommt mir ein gelber LKW entgegen, ich will rechts heranfahren, aber der LKW rast auf mich zu und überfährt mich. Ich wäre beinahe tot gewesen, weißt du? Beinahe tot. Ich habe mir alles gebrochen, was man sich brechen kann.« Heino lachte.

»Und wie ging es dann weiter?«

»Ja, wie es weiter ging … ich lag sechs Monate im Koma. Meine Mutter kam jeden Tag zu mir ans Bett und hat geweint. Meine Mutter hat mich sehr geliebt. Sie lebt noch, weißt du? Sie raucht übrigens.

Wo war ich stehen geblieben? Also ich lag 6 Monate im Koma! Dann bin ich wieder aufgewacht. Ich habe alles neu lernen müssen. Laufen, sprechen, essen, trinken … Aber guck mich an: Ich bin genauso klug wie du! Oder? Oder?« Heino lachte.

»Ja, natürlich.« Maschas Augen wollten nicht kleiner werden.

»Und weißt du, wem ich mein Leben zu verdanken habe?«

»Deinen Ärzten, deiner Lebensenergie?«

»Nein! Jehova, meinem Gott! Er hat mir ein neues Leben geschenkt! – Jakob spielt super Piano, was?«

»Ja, ich mag dieses Lied sehr gern.«

»Er ist auch sehr schlau. Er geht jede Woche zur Bibelschule. Hat er dir schon von unserer Religion erzählt?«

»Ja, er hat gesagt, ihr seid Zeugen Jehovas.«

»Genau. Kennst du dich aus mit den Zeugen Jehovas?«

»Nein, nicht richtig.«

»Das Wichtigste ist: Wir sind die einzigen Gläubigen, die sich nach der Bibel richten. Wir sind die einzigen, die die Wahrheit erkennen und die Wahrheit sind die Worte, die in der Bibel stehen, verstehst du?«

»Mm.«

»Schön. Diejenigen, die sich nach der Bibel richten, werden später im Paradies leben. Aber nicht erst in hundert, tausend Jahren, nein! Noch in diesem Leben werden wir ins Paradies kommen. Das heißt, eine bestimmte Anzahl von uns. Ein Anteil der Zeugen Jehovas auf der Welt.«

»Und was ist mit den anderen Menschen?«

»Die kommen in die Hölle, für die gibt es nur die Apokalypse. Wir leben nämlich jetzt schon in der Endzeit. Noch in unserem Leben wird die Welt untergehen, weißt du? Aber wir Zeugen Jehovas, wir haben es gut.«

Mascha schwieg, nahm einen Schokoladenkeks aus der Schale, die auf dem Glastisch stand, und fragte dann:

»Wieso heißt ihr Zeugen Jehovas?«

Heino grinste überheblich.

»Na, das ist doch klar! Ich werde es dir erklären. Ich erzähle es dir in einer Bildergeschichte. Die Zeugen Jehovas verwenden viele Bilder, wenn sie etwas erklären.«

Zum ersten Mal fiel Mascha die überdeutliche Betonung an Heinos Worten auf. Auch das überdeutliche Erklären ließ sie stutzig werden. Ob wirklich alles an ihm den Autounfall damals überlebt hatte?

»Stell dir vor …«, ereiferte er sich weiter und spuckte dabei aus Versehen gelegentlich in ihre Richtung.

»Stell dir vor, du stehst auf einem Marktplatz und ich komme dir nach. Ich rufe dich mit: ›Frau! Frau! Frau!‹ – Aber du drehst dich nicht um. Ich muss also rufen: ›Frau Lieberman!‹ – Dann hörst du mich. Gott hat auch einen Namen und zwar Jehova, also rufen wir ihn mit Jehova!«

»Aber ich kann dich an deiner Stimme erkennen.« Mascha lächelte.

»Jetzt lass sie doch einmal in Ruhe, Papa. Sie ist müde von der Reise.«

»Aber ich erzähle ihr doch nur von unserer Religion!«

»Er spricht zu viel«, murmelte Jakob in Maschas Richtung und geleitete sie zurück in ihr Kinderzimmer.

»Ruh dich ein bisschen aus. Später können wir zusammen essen. Mein Vater redet manchmal sehr viel und vieles stimmt nicht von dem, was er sagt. Ich kann dir die Religion ein anderes Mal erklären.«

»Danke.«

Mascha sah auf die Nachthimmeltapete und bemerkte einen Riss, der sich durch das Firmament zog. Dahinter lag eine andere Tapete mit einem lachenden Rosa Nilpferd. Das also liegt hinter unserem Firmament. Mascha schmunzelte und schlief ein.

Etwa zwei Stunden später saß die Familie in der engen, muffigen Küche um einen dunklen Holztisch versammelt. Lucy, Jakobs Mutter, stellte eine gewaltige Schale voller zu weicher Nudeln und einen Topf mit Fertigsoße auf die Tischplatte. Jakob goss jedem eine rosa Limonade ein, der Hund sprang auf die hölzerne Sitzecke und spähte auf die leeren Teller und die Katze fraß am Boden aus dem Hundenapf.

Mascha blickte in die Runde, streckte ihre Hand nach der Nudelkelle aus, als Heinos überdeutliche Stimme erklang.

»Unser Vater Jehova, wir danken dir dafür, dass wir dieses gemeinsame Abendessen erleben dürfen und du uns wieder einen guten Tag und die nötigen Lebensmittel geschenkt hast …«

Mascha ließ die Kelle zurück in die Schale gleiten und faltete die Hände.

»Wir sprechen nicht direkt zu dir, Vater Jehova, weil wir alle Sünder sind. Wir sprechen durch deinen Sohn Jesus Christus zu dir. Amen.«

»Amen«, stimmte Mascha unsicher mit ein und nahm die Kelle wieder in die Hand.

»Mascha, du und Jakob, seid ihr ein Liebespaar?«

»Papa!«

»Was hast du denn?« Mascha legte die Hand auf Jakobs Schulter und lächelte Heino zu.

»Wir sind gute Freunde.«

»Ach so.« Heino kaute und fügte dann mit vollem, rot beschmiertem Mund hinzu: »Weil, wenn ihr ein Liebespaar wärt, dürftet ihr nicht miteinander ins Bett gehen, also ihr wisst schon …«

Lucy riss ihre schwarzen Augen auf.

»Heino! Er spricht zu viel. Möchtest du noch Nudeln, Mascha?«

»Lässt du deinen Mann bitte ausreden!«, rief Heino in einer Mischung aus Trotz und Ärger. Lucy seufzte und öffnete den Spätburgunder, den Mascha mitgebracht hatte. Es wirkte, als wäre zwischen ihren Füßen jemand, mit dem sie Tauziehen spielte.

»Also, wenn ihr ein Liebespaar wärt, dürftet ihr erst nach der Hochzeit ins Bett. So habe ich das auch gemacht, als ich hier Jakobs Mutter, also die Lucy, kennen gelernt habe. Ich hab sie lange zappeln lassen, hehe.« Heinos ›hehe‹ ging in ein triumphales Gelächter über und Mascha hatte den Eindruck, dass selbst der Hund ihn angewidert ansah.

»Das ist ja hochinteressant«, antwortete Mascha und wandte sich augenzwinkernd Jakob zu, dessen Gesichtszüge verhärtet schienen.

»Ich habe keinen Hunger mehr. Ich gehe Klavier spielen. Kommst du mit, Mascha?«

»Aber sie hat doch noch gar nicht zu Ende gegessen! Jetzt setzt dich wieder hin, Jakob!«

Jakob drängte sich durch die Lücke zwischen Holztisch und Sitzbank. Er begann, im Nebenzimmer Rachmaninows Prelude Nummer 23 zu spielen und Mascha spießte stumm eine Nudel auf.

»Er ist beleidigt, aber es gibt nun mal Regeln, die man als Zeuge Jehovas einhalten muss. Verstehst du, Mascha?« Heino nahm einen Schluck Rotwein.

»Ich bin nicht beleidigt!«, tönte es aus dem Nebenzimmer.

»Ich hasse es, wenn du jedem neuen Gast hier alles über unsere Religion erzählen musst! Wenn jemand sich dafür interessiert, kann man es erklären, aber du musst nicht stundenlang auf Mascha einreden!«

Jakob spielte weiter Rachmaninow.

»Was? Ich rede doch gar nicht auf sie ein! Sie will das doch wissen!«

»Sie will es nicht wissen!«

»Natürlich! Mascha, interessiert dich unsere Religion?«

Mascha sah verwirrt in Lucies und Heinos erwartungsvolle Gesichter.

»Ja, doch, schon. Ich interessiere mich eigentlich für jede Art von Lebensstil.«

»Siehst du Jakob! Sie will mehr darüber erfahren, Jakob! Jetzt hör auf zu spielen und setzt dich wieder an den Tisch! Jakob!«

Aber Jakob spielte weiter Rachmaninow.

»Also weißt du, Mascha, was ich dir eben erklärt habe mit der Liebe bei den Zeugen Jehovas. Ganz so ist es ja nun auch nicht. Man darf drei Mal mit jemandem ins Bett gehen, wenn man nicht verheiratet ist. Aber man muss dann die Absicht haben, denjenigen später zu heiraten. Ich habe diese drei Male ausgenützt. Verstehst du?«

»Aha.« Mascha spießte die letzte Nudel auf.

»Das ist totaler Schwachsinn, was du da erzählst, Papa!«

»Was? Das ist doch so! Drei Mal darf man mit jemand ins Bett gehen!«

»Man muss erst heiraten, dann darf man! Das hat man mir in der Bibelschule erzählt.«

»Also, ich weiß das besser als jeder andere Lehrer. Jakob, soll ich Mascha morgen einmal Paris zeigen? Oder den Königreichssaal? Morgen ist doch Sonntag!«

»Kannst du machen.«

»Nimmst du noch einen Joghurt, Mascha?« Lucy nickte ihr lächelnd zu.

»Ich möchte mich jetzt gern etwas ausruhen.«

»Soll ich dir nicht noch mein Buch zeigen?« Heino kramte in einer Ledertasche am Fußboden.

»Jetzt lass sie doch in Ruhe, Heino. Sie ist ja noch ganz müde und hör mir bloß auf mit deinem Buch!«

Sie wandte sich an Mascha.

»Heino hat früher ganz Europa per Anhalter bereist und ein Buch darüber geschrieben. Jetzt gibt er all unser Geld aus, damit es gedruckt wird. Mich macht das sauer. Siehst du, wir sind nicht reich. Ich gehe putzen und Heino arbeitet in einer Motorrad-Fabrik. Wir können es uns nicht leisten, so eine Geschichte für viele tausend Euro zu drucken.«

»Es wird doch ein Bestseller, Lucy! Du verstehst doch gar nichts davon! Ich bin durch ganz Europa gereist per Anhalter! Per Anhalter! Verstehst du, Mascha? Die Leute wollen doch von so einem

Abenteuer erfahren! Außerdem war ich da noch kein Zeuge Jehovas. Das kam erst später. Denn viele Leute sind ja abgeschreckt, wenn sie Zeugen Jehovas lesen. Aber das habe ich extra heraus genommen, gut, was?«

Mascha hatte sich abgewöhnt, ihr Umfeld mit Irrenanstalten zu vergleichen. Sie war noch nie in einer gewesen und vielleicht waren die Menschen dort geistig gesünder als draußen. Ihr großes Ziel war es, einmal in ihrem Leben einen normalen Menschen kennen zu lernen. Aus reinem Interesse, denn bisher waren alle Bekanntschaften verrückt gewesen. Sie hatte gehört, ihre Großmutter sei Krankenschwester in einer Irrenanstalt gewesen, bis sie selbst verrückt geworden sei. Sie hatte es aber abgelehnt eingeliefert zu werden, wegen der unmenschlichen Behandlung, die sie selbst nur allzu gut kannte.

Bald darauf habe sie den psychotischen Patienten Harald geheiratet. Ihre Tochter, Maschas Mutter, hatte ihr erzählt, dass einmal die Verbindungstür zwischen Wohnzimmer und Arbeitszimmer offen gestanden habe. Der ehemalige Patient Harald habe ganz allein auf der Couch gesessen und gegrummelt: »Macht mal bitte jemand hier die Verbindungstür zu!«

Aber niemand sei gekommen, um sie zu schließen. Daraufhin habe Harald drei Monate lang geschwiegen.

Auch Maschas Mutter war, als Mascha noch nicht geboren war, zwei oder drei Mal in Nervenheilanstalten gewesen. Langsam bekam Mascha den Eindruck: Wer hätte so einen Aufenthalt eigentlich nicht verdient?

Sie hatte noch nie einen normalen Menschen getroffen und langsam begann sie daran zu zweifeln, dass so jemand überhaupt existierte.

Es gab zwar Gewöhnlichkeit, aber diese Gewöhnlichkeit schien so abstrus, dass man sie nicht mehr normal nennen konnte.

Ein normaler Mensch, überlegte sie, während Heino aus seinem Romanmanuskript vorlas, das wäre jemand, der keine großen Überzeugungen hat, die im Wahnsinn enden könnten. Er hätte keine Macken, keine Ticks, keine Krankheiten, keinen Charakter. Wahrscheinlich wäre er sehr ordentlich, vernünftig, hielte sich an das Gesetz, zeigte Emotionen nur dann, wenn sie angebracht waren. *Angebracht* war das richtige Wort, denn es wäre sicher ein Mensch, der sich immer so verhalten würde, wie man es von ihm erwartete. Voraussehbar, fast wie eine programmierte Maschine. Ein Roboter. Das wäre normal.

MADU SPIELT FLÖTE

»Die können ja gar nicht beweisen, dass das so alt ist! Lügner!« Abfällig betrachtete Heino das prähistorische Haifischmaul in einer Glasvitrine. Die Gastfamilie hatte einen Tagesausflug mit Mascha überstanden, der seinen Abschluss im Aquarium fand, das in einer riesigen Einkaufshalle lag.

Ein Roboterpirat erzählte bei schummrigem Licht von der Entstehung der Weltmeere, von Seeungeheuern und Dinosauriern, während Heino ihn Nase rümpfend betrachtete, als sei er lebendig. Er murmelte etwas von den Lügen des Teufels und zog Mascha weiter.

Scheu und glücklich streichelten sie Rochen. Schlammfarbene und kiesfarbene Rochen, die an der Wasseroberfläche entlang glitten. Die Rochen fühlten sich an wie Sülze und versuchten einige Male sich senkrecht im Becken zu bewegen, um mit der Schnauze aus dem Wasser zu ragen, als wollten sie etwas verkünden. Ihre Bäuche waren schafskäseweiß und ihre kleinen Augen darauf mit dem sich hastig öffnenden und schließenden Maul erinnerten an lächerliche Greise. Vielleicht wollten sie von ihrem Leben erzählen. Vielleicht wollten sie lügen, dass sie das Meer und den weiten weißen Sand kennen, dass sie nicht hier gezüchtet wurden für ein sinnloses, begafftes Dasein auf fünf Quadratmetern. Sie sahen aus, als wollten sie lügen oder vielmehr imponieren.

Schließlich saßen sie zu viert, Heino, Lucy, Jakob und Mascha vor einem großen Schaufenster und beobachteten, wie die graublauen Fische vorbeizogen. Ein hellgrauer, er hieß Napoleon, war besonders dick. Seine Augen waren groß wie Tischtennisbälle und seine Lippen schmollten wie der mit Botox gefüllte Mund einer operativ verschönerten Frau. Seine Blicke glitten leicht arrogant über Mascha und die Zeugen Jehovas neben ihr. Niemand konnte sich so recht über den Anblick der Fische freuen. Für Heino schienen sie zu einem Symbol für die teuflische Evolutionstheorie geworden zu sein. Zumindest in diesem Gebäude. Jakob sah genervt aus. Die Fische waren weder spannend noch schön, also wurden sie als Ausrede benutzt, um einem wirklichen Gespräch zu entkommen.

»Schau mal, er ist super groß!«

»Mm.«

Mascha langweilte sich nicht in Paris, aber sie wollte endlich ihre Reise genießen, sie wollte wissen, wieso man ihr dieses Zugticket geschenkt hatte und von wem es war. Vielleicht hatte es etwas mit diesem Mont Ventoux auf sich, überlegte sie.

»Jakob, du hast doch noch zwei Wochen Urlaub, oder?«

»Ja, wieso?«

»Wollen wir nicht mit deinem Auto in den Süden fahren?«

»In den Süden? Aber ich bezahle das Benzin nicht! Weißt du, wie teuer das ist? Es gibt hier eine Autobahngebühr!«

»Jaja, mein Vater hat mir Geld gegeben. Wir teilen uns den Preis, okay?«

»Und das Hotel?«

»Wir können zelten.«

Mascha flüsterte ihr ›Wir können zelten‹ dermaßen verlockend, dass Jakob die Widerrede aufgab.

»Ich schaue heute Abend mal im Internet.«

Mascha lächelte zufrieden.

»Der Fisch ist wirklich groß!«, meinte sie.

Sie saßen im weißen Renault von Jakobs Eltern. Lucy fuhr, weil ihr der rasante Fahrstil von Heino Angst einjagte. Der sah beleidigt mit verschränkten Armen aus dem Fenster. Er ist im Grunde ein verwöhntes Kind, ein egoistisches, stures Kind, dachte Mascha. Wieder herrschte Schweigen und anscheinend wusste auch dieses Mal niemand, was er sagen sollte.

Schließlich fragte Jakob: »Wieso hast du dich denn vor der Moräne gefürchtet?«

»Ich hab dir doch gesagt, ich hab Angst vor Moränen. Manchmal habe ich Albträume von ihnen. Einmal bin ich in ein dunkelblaues Meer hinabgeklettert über so eine Leiter und, als ich im Wasser schwimme, kommt so eine Moräne herbeigeschlängelt. Ich habe furchtbare Angst und sie beißt mich ins Bein, aber es tut gar nicht weh, weil sie keine Zähne hat. Es ist eher wie ein alter Mensch oder ein Kind, das dich abschleckt. Aber ich habe solche Angst, dass ich ohnmächtig werde und untergehe. Obwohl es gar keinen Grund zur Angst gibt. Nur meine Einbildung und meine Erwartungen bilden die Angst, aber die Wirklichkeit ist ganz harmlos.«

Mascha sah Jakob nachdenklich an. Er grinste plötzlich.

»Das hat bestimmt was Sexuelles zu bedeuten.« Er lachte dröhnend in ihr Ohr – wie sein Vater.

»Alles soll etwas Sexuelles bedeuten. Wer weiß, ob das Sexuelle selbst vielleicht etwas ganz anderes bedeutet«, murmelte Mascha gelangweilt.

»Ach, was erzählt ihr euch denn da hinten!? Wir sind so langsam! Wir schleichen wie eine Schnecke! Wie eine Schnecke! Verstehst du, Mascha?«

Mascha nickte gehorsam.

Zippi sauste aus der Wohnung, als die Tür geöffnet wurde. Er rannte über den langen eitergelben Flur und wieder zurück. Sein grelles Kläffen schmerzte in den Ohren. »Zippi, Zippi, Zippi!«, johlte

Jakob begeistert. Wieder öffnete Madu die Tür, hustete und lächelte Mascha entgegen.

»Guten Tag Familie Schwan, ich gehe einkaufen. Soll ich ihrem Gast den Supermarkt zeigen?«

Heino sah ihn genauso skeptisch an wie den Roboter-Piraten.

»Mm, ich weiß nicht – Ich wollte Mascha noch ein bisschen von unserer Religion erzählen und später gehen wir essen, oder? Wollen wir essen gehen?«

»Ich gehe an den PC«, murmelte Jakob und verschwand. Zippi tippelte ihm schwanzwedelnd hinterher.

»Oh nein, Zippi hat wieder auf den Küchenboden gepinkelt!«, hörte man Lucy aus der Küche meckern. Madu grinste.

Mascha sah in Heinos schiefes Gesicht und seine stechenden blauen Augen. Seine Mundwinkel zog er deutlich nach unten, den einen mehr als den anderen.

»Ach, ich weiß nicht, es ist schon spannend für mich, ich meine, ich kenne die Supermärkte hier ja noch nicht. Ich würde gerne die Umgebung kennen lernen. Wir beide, Heino, wir haben ja noch viel Zeit für die Religion. Nach dem Essen zum Beispiel.«

»Aber nach dem Essen kommst du dann auch wirklich zu mir und ich bringe dir die Bibel bei, ja?«

»Ja, natürlich.«

»Wirklich? Keine Lügen!« Er lachte über den Flur und erinnerte in seinem nervenaufreibenden Verhalten erneut an ein verwöhntes Kind.

»Komm, Mascha.« Madu drückte auf den Fahrstuhlknopf. Er trug ein ärmelloses T-Shirt, dessen Rot verblasst war. Darauf sah man einen Notenschlüssel, einen Bierkrug und die Aufschrift »Durstinsel«.

Auf seinem schmalen Kopf befand sich eine graue Baseballkappe und auf dieser eine Sonnenbrille.

Das Einkaufscenter war kühl und leer wie ein Krankenhaus. Einige Afrikanerinnen schleppten prall gefüllte Carrefour-Plastiktüten und eingeschweißte Baguettes nach draußen.

»Kommst du aus Russland, ich meine wegen deinem Namen?«

»Aus Russland kann man nicht gerade sagen, aber meine Ur-Ur-Großeltern …«

»Möchtest du dir etwas anschauen?« Madu blieb vor einem kleinen Bekleidungsgeschäft für Damen stehen.

»Oh, ich habe nicht so viel Geld dabei, aber die Röcke sind sehr schön hier!« Mascha betrachtete sehnsüchtig einen weißen Rüschenrock mit Rosenmuster.

»Ein andermal besorge ich ihn dir!« Madu zwinkerte ihr mit einem Auge zu.

»Was? Ach nein, der ist doch zu teuer!«

»Nein, nein …«, er legte seinen dunklen, dünnen Arm um sie, nahm ihre Hand und küsste sie.

Im ausgedehnten Supermarkt liefen sie an Bananenbergen, Tupperdosen, Büstenhaltern, Schweinemedaillons sowie unzähligen Törtchen-Varianten vorbei. Madu nahm eine Flasche Rosé aus dem Regal, sie war im Sonderangebot.

»Ein Euro ist ein super Preis für Rosé!«, staunte Mascha.

»Umsonst ist ein besserer Preis«, meinte Madu.

Mit der Zeit waren die Dinge immer kleiner geworden. Es gab Fertiggerichte für eine Person, Bestecksets für eine Person, kleine Weinfläschchen, enge Badewannen, Videospiele ohne zweiten Gamecontroller. Je einsamer die Menschen wurden, desto drastischer wurden ihnen die Portionen reduziert.

Mascha und Madu kauften noch Gauloises und verließen dann das

Center. Am Himmel hingen faserige, rosa Wolken, so lang und fein wie altes, koloriertes Haar. Die Sonne ging unter und es schien in diesem Garten der Hochhäuser, als gäbe es nirgendwo ein Meer, in das die Sonne sinken könnte. Es gab nur die tausend Fenster, in denen sie letztmalig aufschimmerte. Welche Farbe hatte das Meer doch gleich?

Draußen auf dem Betonplatz standen Telefonzellen, die niemand zu benutzen schien. In der Zeit von Mobiltelefonen wirkten sie wie die letzte Zuflucht der Alten in die Zeit ihrer Jugend. Nur hatten die Alten fast alle Liebsten verloren, die sie hätten anrufen können.

Kleine Kerker für die Vergangenheit, dachte Mascha.

»Spielst du gerne Tischtennis?« Madu deutete auf die Betonplatten, deren Netze aus Metall sich nicht dehnen konnten. Darauf saßen ein paar Jugendliche und hörten Rapmusik aus einem Handy.

»Ja, sehr gerne, aber noch lieber gehe ich ins Theater! Ich möchte einmal Intendantin werden.«

»Schön! Theater ist nicht schlecht. Ich bevorzuge die Musik. Ich spiele selbst Flöte. Ich habe auch einige Stücke komponiert. Einmal bin ich auf einer kleinen Bühne aufgetreten. Hier.« – er deutete auf sein T-Shirt – »In der Durstinsel.«

»Oh! Vielleicht magst du mir etwas vorspielen?«

»Ja, gehen wir zu mir, hier gibt es eigentlich nicht viel mehr zu sehen.«

Nach ihrem kleinen und für Mascha ziemlich enttäuschenden Rundgang fuhren sie nun wieder im Fahrstuhl hinauf. Madu schloss die Tür auf. Vom lila Laminat hob er eine abgewetzte Lederjacke auf. »Die habe ich bei meinem Auftritt getragen!«, verkündete er würdevoll.

»Du hast mit einer Lederjacke Flöte gespielt?«

»Ja, ich habe nur diese eine Jacke«, fügte er beschämt hinzu. Mascha nickte die Holzkommode an, auf der ein gefüllter Aschenbecher stand.

»Komm, ich zeige dir noch was!«

Madu schlich hustend voran und Mascha folgte ihm in die Küche, die mit roten Plastikmöbeln und einem altersgrauen Kühlschrank eingerichtet war. Am Fenster blinkte eine grüne Lichterkette.

Madu öffnete den Kühlschrank und deutete mit einer Geste hinein, als präsentiere er ein wertvolles Gemälde im Museum.

Mascha spähte hinein und erblickte aufeinandergestapelte Dosen mit der Aufschrift »Coq au vin«. Es waren vielleicht 50 an der Zahl.

»Wieso hast du so viel Coq au vin?«

Madu schmunzelte schelmisch.

»Das ist aus dem Supermarkt.«

»Ja, das habe ich erwartet.« Mascha sah ihn stirnrunzelnd an.

»Vor ein paar Tagen haben ein paar Leute die Scheiben eingeschlagen und wir haben herausgetragen, was wir ergattern konnten. Drei Polizisten sind auf Motorrädern hinter mir her, aber ich bin in eine Tiefgarage gerannt, hinaus hinter eine Hecke und weg war ich! Hast du Hunger? Wir können eine Dose öffnen!«

»Was? Äh, aber, hast du kein Geld, um dir das selbst zu kaufen?«

»Naja, wieso soll ich es bezahlen, wenn ich es umsonst mit Nervenkitzel bekomme? Außerdem brauche ich mein Geld für andere Sachen.« Madu zog die Augenbrauen hoch.

»Ich wollte später noch mit meiner Gastfamilie essen. Wusstest du, dass sie Zeugen Jehovas sind?«

»Jaja … Es gibt viele davon auf der Welt.«

»Ich habe gehört, die feiern keinen Geburtstag, kein Weihnachten, gar nichts.«

»Ja, die machen keine Liebe vor der Ehe und dürfen keine Blutspenden annehmen.«

»Wirklich nicht? Puh – Ich wäre gar nicht hier, wenn ich Zeugin Jehovas wäre.«

»Wieso?«

»Ich war drei Monate zu früh auf der Welt und brauchte viele Blutspenden.«

»Konntest dieses Chaos hier nicht erwarten, was? War es zu langweilig im Bauch?« Madu brachte eine Mischung aus Husten und Lachen hervor und steckte sich eine Zigarette an.

»Komm, wir gehen Musik hören.«

Mascha wählte eines der fünf nagelneuen Radios aus der Kommode aus und bald darauf erklang »Lambada« in Madus spärlich eingerichtetem Wohnzimmer. Der Boden war mit dunkelgrünem Teppich ausgelegt, der einige Brandlöcher hatte. Darauf standen drei kleine Holzelefanten in einer Herde. Sie schienen in Richtung Fenster zu marschieren. Auf dem schwarzen Plastiktisch standen leere Schnapsflaschen in einer kleinen Gruppe dicht beieinander, als seien sie ängstlich oder Touristen bei einer Stadtführung.

Madu setzte sich in seinen Korbschaukelstuhl, der schon einige Stränge verloren hatte. Als Ersatz hatte Madu weiß-rot-gestreiftes Absperrband von Baustellen eingeflochten. Mascha setzte sich auf einen zweiten Stuhl gegenüber und nahm einen Schluck Rosé aus der Flasche. Sie schaukelten und schwiegen. Madu rauchte, hustete und rauchte wieder.

»Ich habe leider keine Gläser.«

»Macht nichts.« Mascha nahm einen weiteren Schluck.

»Trinkst du gerne?« Mascha deutete auf die Touristen-Schnapsflaschen.

»Ab und zu.« Madu grinste die Spinnweben an der Decke an.

Mascha sah sich um und konnte keine weiteren Möbel entdecken, nur einen kleinen Marmortisch beim rauchvergilbten Vorhang, auf dem eine hölzerne Blockflöte und ein Notenheft lagen.

»Ist der Tisch aus echtem Marmor?«

»Ein Erbstück von meiner Oma. Sie kam aus Namibia.«

»Ach so, und das ist deine Flöte? Magst du etwas spielen?«

Madu antwortete nicht sofort, da er damit beschäftigt war, jede der Schnapsflaschen nacheinander anzuheben um zu schauen, welche noch nicht ganz leer war. Er fand eine Bacardi-Flasche mit etwa zwei Schlucken darin.

»Klar spiele ich, aber jetzt trinken wir erst einmal!« Madu leerte den Bacardi.

Er hob erneut die Flaschen nacheinander hoch und hustete. Auch die Haut unter seinen Fingernägeln war nicht rosa, sondern muskatfarben. Mascha staunte.

»Weißt du, diese Flöte ist Scheiße. Ich hatte eine richtige Flöte, aus Afrika. Die war bunt bemalt aus einem Bambusrohr, noch feiner als Bambus und dünner. Das war eine richtige Flöte. Aber die hier … Ich brauchte Geld, da habe ich die Bambusflöte verkauft und diese hier geholt, aber sie ist Mist. Ich hatte nicht nur die Bambusflöte, ich hatte auch ein Muschelhorn! Hast du schon einmal ein Muschelhorn gesehen? Es erzeugt einen Klang, der ist so durchdringend wie das Meeresrauschen selbst! Das waren wunderschöne Instrumente! Weißt du, ich komme aus Namibia … Nein! Eigentlich komme ich vom Himmel. Weißt du, ich komme vom Himmel. Ich bin ein Engel wie du. Glaubst du auch an Engel? Das war Spaß, ich habe auch lange in Singapur gelebt. Die Europäer denken, Afrika ist Afrika, aber das ist nicht so, es gibt dort verrückte Leute, die eine Art Sekte mit Maskenritus bilden, es gibt aber auch Musiker wie mich, Köche, in Singapur zum Beispiel habe ich gerne Zitronen-Hühnchen mit Reis gegessen, es gibt so viele Regionen und Unterschiede in Afrika, aber nur ein Afrikaner kann über Afrika erzählen, weißt du, es gibt eine Vergangenheit, eine Kultur, die man spüren muss, die man im Blut haben muss, um über etwas zu urteilen. In Afrika leben die Tiere, die du hier im Zoo besuchst. Die Menschen und Tiere sind anders. Zum Beispiel ist das Tanzen viel wichtiger. Du tanzt, wenn du jung bist und du tanzt, bevor du stirbst. Ach ja, du bist so ein liebes, hübsches Mädchen!«, lallte er. Mascha versuchte zu lächeln.

»Spielst du noch etwas vor, ich muss gleich zum Essen gehen?«

»Klar, klar spiele ich dir was vor! Ich spiele dir was vor! Aber jetzt trinken wir erstmal! Jetzt trinken wir.«

DER BRENNENDE DORNBUSCH – AUF DVD GEBRANNT

Das Restaurant Léon de Bruxelles lag nur fünf Gehminuten von Jakobs Wohnhaus entfernt. Mascha und ihre neue Familie hatten mit Leichtigkeit einen freien Tisch gefunden und Heino bestellte für die anderen mit:

»Guten Abend, wir hätten gerne ein Mal die provenzalischen Miesmuscheln, einmal die sahnigen und zwei Mal die einfachen!«

Wenig später standen vier schwarze, dampfende Töpfe vor ihnen. Mascha sah sich fragend um.

»Ähm, betet ihr – beten wir hier nicht?«

Heino sah verlegen aus.

»Doch, doch, wir beten, aber in Gedanken, denn weißt du, es ist doch – ich meine es wirkt doch fremd und komisch auf die anderen Gäste, wenn wir jetzt alle beten. Im Restaurant beten wir nie, nur zu Hause. Aber wenn du gerne möchtest, können wir auch hier beten!«

Ihre Gastfamilie sah eine Minute lang stumm auf die Töpfe.

»Ach, es geht schon.« Mascha nahm eine leere Miesmuschel in die Hand, um das Fleisch aus den anderen zu ziehen. Heino gebrauchte hierfür seine Gabel, Jakob seine Finger und Lucy tunkte nur ab und zu ihr Brot in den öligen Muschelsud.

»Die schmecken hier immer gut und es kostet nicht viel!«, schmatzte Jakob.

»Mm.« Mascha konzentrierte sich auf ihr zerbrechliches Muschelbesteck.

»Morgen muss ich wieder arbeiten.« Heino stieß auf und hielt sich dann doch noch die Hand vor der Mund.

»Pardon.«

»In der Fabrik, ja?«, erkundigte sich Mascha aus Höflichkeit.

»Genau! Ich fahre da einen Gabelstapler. Es ist sehr gefährlich dort, verstehst du? Wenn dir da ein Motorrad vom Gabelstapler herunter fällt, da ist der Fuß platt!«

Jakob lachte. Kleine Brotkrümel flogen ihm aus dem Mund.

»Ist das schon einmal passiert?«

»Das passiert immer mal wieder«, verkündete Heino mit weit aufgerissenen, wissenden Augen.

»Aber das Gute an der Arbeit ist, dass sie eine Druckmaschine haben! So konnte ich mein Manuskript und die Flugblätter herstellen! Ich habe tausend Flugblätter gedruckt, die ich in der Schweiz, in Deutschland, in Holland und Norwegen verteilen werde. Tausend! Also, wenn das Buch so kein Erfolg wird, dann erklär mal, wie man es besser machen kann! Und die ganzen Flugblätter ohne dafür zu bezahlen, gut oder? Verstehst du?«

»Ja, das ist gut.« Mascha sah ihn kauend und aufmerksam an.

»Willst du mein Manuskript lesen?«

»Ja, warum nicht.«

»Ich habe dir schon davon erzählt. Es geht um meine Europareise per Anhalter. Es heißt: »Niemand wollte mich begleiten!« Aber Jakob hat mir erzählt, ihr wollt jetzt ein paar Tage wegfahren, ans Meer – Wirst du es dann mitnehmen?«

»Ja, warum nicht.«

»Aber du musst darauf aufpassen, ja?«

»Ja, warum nicht.« Mascha schüttelte sich wach. »Ja, ich passe darauf auf.«

»Gut. Denn es ist mein einziges Manuskript, verstehst du? – Wenn du es verlierst, bringe ich dich um!«

Heino legte eine Sprechpause ein, doch dann lachte er wieder mit ölig glänzenden Lippen und stach mit seiner Gabel das Fleisch aus einer Muschel.

Die vier Töpfe leerten sich, auf dem Abfallteller in der Mitte des Tisches begannen sich die blauschwarzen tropfenförmigen Schalen zu stapeln. Ihre perlmuttfarben schimmernden Innenseiten waren mit den verschiedenen Soßen beschmiert oder glänzten noch vom Olivenöl. Der Kellner kam und räumte den Berg der toten Hüllen ab.

Heino und Lucy bogen in die Straße zu den Hochhäusern ab, Mascha folgte Jakob, stieg stumm mit ihm in seinen blauen BMW und schlug ihre Tür zu. Sie wusste, was sie jetzt zu hören bekommen würde und kniff die Augen zusammen, als würde Jakobs Zorn dann sanfter ausfallen.

»Ich habe dir gesagt, dass die Scharniere so kaputt gehen! Wenn wir zur Werkstatt müssen, bezahlst du! Kannst du dir das merken: Die Tür vorsichtig schließen! Vorsichtig!«

»Ja.« Mascha sah aus dem Fenster.

»Wohin fahren wir jetzt?«

»Zu einem Freund. Er will mir einen Film zeigen. Das dauert nicht lange, er wohnt gleich im Nachbarviertel.«

Sie stoppten vor einem grauen Hochhaus. An einer Bushaltestelle lehnte ein junger Mann, er war so kaffeebraun wie Jakobs Mutter, er trug einen mintgrünen Anzug und eine goldene Kette mit einem kleinen Kreuz als Anhänger. Auf seiner Nase saß eine elegante silberne Brille.

Mascha stieg aus und schlug ihre Tür so sanft zu, dass sie nicht richtig schloss. Sie grinste zu Jakob herüber und schloss sie erneut.

»Na also!«, rief er.

»Benjamin, das ist Mascha, eine Freundin aus Berlin. Mascha, das ist Benjamin, ein Freund aus der Kirche.«

Mascha seufzte. ›Aus der Kirche‹.

Benjamins Wohnung war im 9. Stock. Sie war so modisch wie seine Kleidung. Mascha nahm ein angebotenes Glas Mangosaft in die Hand und schlenderte über das Parkett an Metallregalen vorbei zu einem weißen Ledersofa. Auf dem Glastischchen vor ihr lagen verschiedene Prospekte über Jesus, den Königreichssaal und eine Bibel. Auf dem Fußboden räkelten sich zwei rosa Lacoste-Pullover neben einer kleinen Palme im Blumentopf. Das war etwas, was sie immer noch nicht enträtseln konnte. Wenn Jakob und Benjamin das Paradies so sicher vor Augen hatten und wenn sie die Herrlichkeit des Lebens vor allem in ihrem Glauben fanden, wozu dienten ihnen dann noch diese vergleichbar lächerlichen Statussymbole? BMWs, Lacoste-Pullover und vor ihr an der weißen Wand hing ein Breitbildfernseher, vor dem die beiden Männer knieten. Sie durchwühlten verschiedene Kisten mit DVDs.

»Hier ist er!«, rief Benjamin und legte die DVD ein. Die beiden begaben sich neben Mascha auf das Sofa.

»Darf ich deinen Saft probieren?«, fragte Jakob und legte ein charmantes Lächeln auf.

Stumm gab Mascha ihm ihr Glas.

Auf dem Bildschirm erschienen einige Logos und es erklang pompöse Orchestermusik, die die hervorragenden Klangeigenschaften dieser DVD unterstreichen sollte.

Der eigentliche Film begann. Eine computeranimierte Landschaft erschien: zu grüne Akazien, zu gelbe Getreidefelder und die Figur eines Bärtigen, dessen grelles Pixelgesicht ernst in die Kamera blickte. Er hielt einen Hirtenstab in der Hand und um ihn her weidete eine Herde von uniformen Schafen. Man lauschte einer beschwingten Flötenmelodie.

»Das ist Moses!«, erklärte Jakob leise.

Die bärtige Trickfilmfigur wanderte auf einen Berg zu, während die tiefe, rauchige Stimme des Erzählers erklang: »Und Mose weidete die Herde Jethros, seines Schwiegervaters, des Priesters von Midian. Und er trieb die Herde hinter die Wüste und kam an den Berg Gottes, an den Horeb. Da erschien ihm der Engel Jehovas in einer Feuerflamme mitten aus einem Dornbusche; und er sah: und siehe, der Dornbusch brannte im Feuer, und der Dornbusch wurde nicht verzehrt.«

Exodus 3, 1-2.

Im Film begann es zu brennen. Die heitere Musik wurde bedrohlich. Das gesamte Bild loderte auf. Eine dunkle, verästelte Gestalt erschien aus den künstlichen Flammen und sprach mit Moses. Der Bildschirm brannte jetzt in synthetischem Rot. War das Jehova? Seine gelben Scheinwerferaugen blitzten aus seinem Schattenkörper hervor. Ein brennender Schatten, ein Strauchmonster, das war es, dachte Mascha.

»Und er sprach: Nahe nicht hierher! Ziehe deine Schuhe aus von deinen Füßen, denn der Ort, auf dem du stehst, ist heiliges Land.

Und er sprach: Ich bin der Gott deines Vaters, der Gott Abrahams, der Gott Isaaks und der Gott Jakobs. Da verbarg Mose sein Angesicht, denn er fürchtete sich, Gott anzuschauen.«

»Cool«, murmelte Jakob gebannt.

»Könnte ich noch etwas Saft haben?« Mascha räusperte sich.

»Scht, scht … es ist gleich vorbei«, flüsterte Benjamin mit ehrfürchtiger Stimme.

Wenig später verwandelte sich Moses' Hirtenstab unter psychedelischen Klängen in eine monströse Schlange, die ihre gefährlichen

Giftzähne zeigte. Jakob und Benjamin waren von derselben Panik ergriffen wie Moses. Mascha sah auf die Uhr.

Der Erzähler wurde nicht müde: »Da sprach Jehova zu ihm: Wer hat dem Menschen den Mund gemacht? Oder wer macht stumm oder taub oder sehend oder blind? Nicht ich, Jehova?

Und nun gehe hin, und ich will mit deinem Munde sein und dich lehren, was du reden sollst.«

»Wer macht stumm oder taub oder sehend oder blind?«, übersetzte Mascha im Geist. Das Comicgesicht Moses' zeigte Furcht und Gehorsam, bis es sich in regenbogenfarbene dünne Streifen auflöste. An Stelle des Erzählers erklang jetzt so etwas wie ein Tinnitus-Pfeifen.

»Ich hatte ein Problem mit meinem Brenner«, erklärte Benjamin das klägliche Ende.

»Schalt das bitte sofort ab, da bekommt man ja Kopfschmerzen!«, meckerte Jakob.

Benjamin erhob sich vom Sofa und suchte unter den Lacoste-Pullovern nach der Fernbedienung.

»Au!«, rief Jakob provozierend und hielt sich die Ohren zu.

»Mein Gott, das ist doch nicht so schwer!« Mascha stand auf, ging zum Fernseher und zog das Kabel aus der Steckdose. Stille. Sie nickte stolz.

»Bitte! So ist es besser!«

»Das war die Geschichte vom brennenden Dornbusch!«, erläuterte Benjamin der Runde. Mascha nahm Jakob ihr Glas mit dem letzten Schluck Mangosaft aus der Hand, trank rasch aus und sagte nur: »Amen.«

HEAVEN HOLDS A PLACE FOR THOSE WHO PRAY

»Halt den Knopf gedrückt, bis ich mit dem Koffer im Fahrstuhl bin!«

»Die Tür schließt trotzdem!«

»Dann stell dich dazwischen!«

»Das ist dreckig! Ich hab ein weißes Kleid an!«

Jakob schleifte ratternd den Koffer über den eitergelben Flur. Zippi saß neugierig und scheu an der Tür.

»Wenn Du eine Reisetasche nehmen würdest wie ich, hätten wir keine Transportprobleme!«

Jakob schob Maschas Koffer in den engen Fahrstuhl.

»Einen Moment!« Mascha rannte in ihr Kinderzimmer und kam mit der Krücke zurück.

»Wieso nimmst du denn die mit?«

»Ich, äh, vielleicht können wir sie gebrauchen beim Zelten.«

»Du spinnst.«

»Ja.«

Jakob verstaute das Gepäck im Kofferraum des BMW, während Mascha auf dem Beifahrersitz wartete (um die Scharniere nicht zu gefährden). Er trug ein rosa Knöpfhemd und eine beige Cordhose, sie ein weißes Rüschenkleid und ein blaues Halstuch. Sie waren urlaubsschön.

Sie spielte mit dem gelben Vanille-Duftbäumchen, das am Rückspiegel schaukelte. Schließlich entdeckte sie den Zigarettenanzünder. Es war ihre erste Begegnung mit dieser Technik. Sie drückte auf den schwarzen Knopf, zog ihn heraus und sah den blauen Kreis neugierig an. Sie hielt den Zeigefinger in das kleine Loch und hörte es leise brutzeln.

»Au!«

»Was machst du denn da, meine Güte?«

»Ich hab mich verbrannt!«

»Wie das denn?«

Jakob stöhnte.

»Man kann dich nicht alleine lassen, Miss Catastrophe!«

Mascha lutschte beleidigt an ihrem Finger.

»Hast du die Krücke eingepackt?«

»Was?«

Mascha nahm den verbrannten Finger aus dem Mund.

»Ob du die Krücke eingepackt hast?«

»Ja. Du spinnst wirklich. Also, wohin fahren wir?«

»Habe ich doch gesagt! In Richtung Süden, ans Meer!«

Jakob gab ein Reiseziel im Süden in das Navigationssystem ein, als Madu mit einer Flasche Rosé aus dem Supermarkt und einer Zigarette im Mund vorbeischlurfte. Er spähte neugierig in den Wagen und strahlte.

»Mascha!« Er breitete begrüßend die langen dünnen Arme aus, als sähe er einen Filmstar im Auto.

»Madu!« Mascha lachte und öffnete die Tür.

»Wohin geht es?«

»In den Süden, ans Meer!«

»Oh, ans Meer, ich war noch nie am Meer. Ist es schön?« Er hustete.

»Ja, wunderschön. Es ist meistens blau wie du.«

»Wie ich?«

»Ach, das ist ein Kompliment.«

»Oh, vielen Dank! Wann kommt ihr wieder, ich will dir noch etwas auf der Flöte vorspielen!«

»In einer Woche!«

»Super! Klingel einfach bei mir! Gute Reise!«

»Mach keine Dummheiten!«

»Ich? Ich bin ein Engel!« Madu grinste. Jakob sah ungeduldig auf sein Lenkrad.

»Schließt du bitte die …«

Mascha knallte die Tür zu. Sie sah Jakob erschrocken an. In seinen Augen lag stummer Ärger.

»Fahren wir.«

»Fahren wir.«

»Madu spielt Flöte?«

»Ja, er ist schon einmal damit aufgetreten, in einem Club namens Durstinsel.«

»Ach, das ist so eine Kneipe in der Nähe.«

»Er spielt sicher gut.«

»Er glaubt nicht an Gott.«

»Er glaubt an Gott und an Engel.«

»Nicht an den wahren Gott.«

Mascha sah in die grauen Wolken. Jakob beschleunigte.

»Hast du schon in Papas Buch gelesen?«

»Ja, ein bisschen.«

»Und? Gefällt es dir?«

»Mm.« Mascha erinnerte sich an die falsche Grammatik und vor allem an den selbstherrlichen Tonfall. Eigentlich hätte in seiner einsamen Abenteuergeschichte nach jedem Kapitel die Frage ›Verstehst du?‹ gut gepasst. Sie schmunzelte. »Er möchte damit berühmt werden. Glaubst du, das klappt?«

»Ich habe ja noch nicht alles gelesen. Warum nicht.«

»Er möchte so berühmt werden wie Viktor Hugo, wie Balzac!«

»Mm.«

»Ich meine, seine Geschichte ist nicht schlecht. Ganz Europa alleine bereisen, per Anhalter, das ist spannend.«

»Mm.«

»Mehr hast du nicht dazu zu sagen?«

»Solche Bücher existieren bereits. Es ist nicht so, dass er alleine auf der Welt lebte, keine Konkurrenz hätte.«

»Mm.«

Sie fuhren und schwiegen. Der Himmel und die Straße waren grau.

»Möchtest du Musik hören?«

»Gerne.«

Jakob legte eine CD ein. Chopin. Mascha stellte auf das Radio um.

»Magst du Chopin nicht mehr?«

»Doch, aber manchmal höre ich gerne Popmusik, man isst ja auch nicht jeden Tag Kaviar.« Sie freute sich, denn im Radio sang Madonna »Like a prayer«: »Life is a mystery, everyone must stand alone ...«

Der BMW fuhr in einen Tunnel, Madonnas Stimme verstummte. Es war nur noch ein dumpfes Rauschen zu hören. Die spärliche Beleuchtung raste an ihnen vorbei und verwischte bei der Geschwindigkeit zu Lichtstreifen.

Jakob beschleunigte so, dass es Mascha in den Sitz drückte.

»Ah, nicht so schnell! Sind wir hier in Monaco?«

»Nein, aber ich fahre Autorennen mit meinen Freunden, manchmal. Madu hat auch mitgemacht, bis er sein Auto verkauft hat. Er braucht ständig Geld. Immer für Zigaretten und Wein. Weißt du, dass es nicht gut ist zu rauchen?«

»Wieso nicht?«

»Weil du damit deinen Körper zerstörst und diesen Körper hat dir Gott geschenkt. Also verletzt du auch Gott, du beleidigst ihn mit jeder Zigarette.«

»Aber hat er nicht auch die Zigaretten auf die Erde gebracht?«

»Nein, das war der Teufel. Die meisten Menschen hören lieber auf den Teufel als auf Gott. Sogar ich lebe nicht richtig.«

»Wieso?«

»Wieso? Das weißt du ganz genau. Du weißt doch, dass wir zusammen in Arcachon am Strand – Das ziemt sich nicht. Das ist falsch. Ich bereue das sehr und fühle mich immer noch schuldig.«

»Wie? Du bereust das? Und jetzt? Wir zelten zusammen!«

»Ja, das ist es ja, was mich beunruhigt. Ich wollte eigentlich nicht mit dir wegfahren, weil du zu verführerisch bist. Aber ich muss mich an meine Regeln halten, um ein guter Mensch zu werden. Ich möchte später im Paradies leben, du nicht?«

»Ich lebe schon im Paradies. Ich glaube nicht, dass da noch etwas Anderes kommt als das hier.«

»Hat mein Vater dir das nicht erklärt? Es wird noch ein Paradies geben, für eine kleine Gruppe von Menschen, hier, jetzt, in diesem Leben! Verstehst du?«

»Ich verstehe, was du glaubst, aber ich glaube das nicht.«

»Wenn es so weit ist und du in die Hölle kommst, wirst du schon verstehen.«

»Ich schreib dir dann eine E-Mail aus der Hölle.«

»Sehr lustig.«

Als sie aus dem Tunnel sausten, spielte das Radio Simon and Garfunkel: »God bless you, please, Mrs. Robinson, Heaven holds a place for those who pray ...«

Jakob klopfte im Rhythmus auf sein Lenkrad und sang mit. »Hey, hey, hey ...«

Mascha sah ihn stirnrunzelnd an.

«Ich dachte, du magst nur Chopin?«

»Das Lied ist doch ganz schlau gemacht, nicht?«

»Mm.«

Mascha lehnte sich zurück und dachte nach. Sie fuhren und fuhren. Bis sie an einer ranzigen Raststätte parkten. Sie beteten zunächst (Mascha aus Höflichkeit): »Unser lieber Gott Jehova, wir sprechen nicht direkt zu Dir, weil wir alle Sünder sind, aber durch Deinen Sohn Jesus Christus sprechen wir zu Dir und bedanken uns für diese Mahlzeit und den schönen Tag. Wir hoffen, dass Du uns hilfst, unbeschadet an unser Reiseziel zu gelangen, Amen.« Sie bissen in ihre pappigen Sandwichs und schwiegen.

Sie fuhren weiter, bis sie im Stau standen. Ein Motorradfahrer schlängelte sich elegant zwischen den gemächlich vorrückenden Wagen hindurch.

»Der hat es gut.«

»Ich glaube, da vorne gab es einen Unfall. So ein Mist, noch ein paar Kilometer, dann wären wir an der Mautstation.«

»Andauernd warten.« Mascha seufzte.

»Ja, du hast schon viel gewartet in diesem Urlaub.«

»Das ganze Leben ist ein Gang von einem Wartezimmer ins nächste, und wenn du aus diesem großen Gebäude der Wartezimmer herausfindest, hast du die Orientierung verloren.«

»Madame wird philosophisch?«

Sie rückten drei Meter vor.

»Nein, aber man wartet doch immer auf irgendetwas. Du wartest darauf, ein besserer Mensch zu werden, wie du meintest. Ich warte darauf, dass wir endlich im Süden ankommen.«

»Das dauert!«

»Hast du noch Gummibärchen?«

»Bitte.«

»Betet man auch vor einem Gummibärchen?«

»Sag nicht Bärchen – Warum musst du alles verniedlichen?«

»Betet man nun?«

»Ich möchte nicht, dass du dich über meinen Glauben lustig machst, okay?«

»Dann bete ich also nicht.«

Sie fuhren durch die Landschaft, als gehörte sie nicht zur Wirklichkeit, sondern als sei sie nur ein Teil der Landkarte. Nur gezeichnet und nicht belebt. Der Weg interessierte nicht. Nach einigen Stunden rollten sie unter blauem Himmel. Mascha öffnete das Fenster und glotzte gelangweilt auf die kleinen Hügel und Dörfchen neben der Autobahn. Sie rief »Kühe!«, wenn sie Kühe sah, »Schafe!«, wenn sie Schafe sah und sie schwieg, wenn es Menschen waren. Sie freute sich aber über jede Mohnblume an den Leitplanken. Vor ihnen erhoben sich die ersten Berge. Sie fuhren in ein anderes Wetter, denn mit einem Mal tröpfelte Regen auf die Frontscheibe. Jakob stellte die Scheibenwischer ein, sie tanzten quietschend wie Besoffene hin und her.

»Das ist Clermont Ferrand.«

»Aha. Ist einer der Berge der Mont Ventoux? Weil nämlich Petrarca damals ...«

»Nein, der ist in der Provence, denke ich. Das hier ist die Auvergne.«

Mascha fühlte einen leichten Druck auf den Ohren, als sie aus dem Regen zurück ins Trockene rasten. Die grauen Wolken wirkten jetzt gebleicht.

»Ich schlafe ein bisschen.« Mascha klappte ihren Sitz so weit es ging nach hinten und deckte sich mit einer Zeitung zu. Auf der Titelseite zeigte eine blonde Bäckerin namens Lilly ihren Busen.

»Wir sind da! Aufwachen! Huhu? Aufwachen!«

Mascha richtete sich auf, die Zeitung knisterte. Es war Abend geworden. Sie sah kleine, beige Mauern, über die Oleanderhecken lugten. Die Blüten waren blutrot, mädchenrosa oder papierweiß. Entweder sie wuchsen aus Neugier oder aus Lichtnot so weit über die niedrigen Mauern.

Dahinter ragten rote Dachziegel kleiner honigfarbener Häuser hervor. Die Häuser sahen glücklich aus. Es roch schon nach Salz oder Mascha dachte so intensiv an das Meer, dass die Gedanken Geruch bekamen. Auf jeden Fall roch es nach Chlor, Pinien und Bequemlichkeit.

Sie stieg mit butterweichen Knien aus und schloss die Tür so sanft wie das Hemd eines Geliebten.

»So ist es richtig! Du bist zu müde um zuzuschlagen, was?«

Mascha blinzelte und sah über das blaue Autodach. Sie sah den Eingang des Campingplatzes zwischen Palmen und ein buntes Schild: »Les Mimosas«.

»Hier wohnen wir?«

»Hier wohnen wir! Ich war schon einmal hier, das ist angenehm.«

»Wie heißt dieser Ort?«

»Cap d'Agde. Es gibt auch einen Nacktbadestrand, falls du das magst.«

»Nein, das raubt jede Fantasie.«

»Ich muss uns einen Platz reservieren und dann das Auto darauf parken. Willst du wieder einsteigen oder gehen?«

»Wo ist denn das Meer? Ich glaube, ich kann es schon riechen.« Mascha reckte die Nase in die Luft wie ein Murmeltier.

»Immer geradeaus, zehn Minuten zu Fuß. Was nun? Einsteigen oder gehen?«

Mascha knüllte die Zeitung mit Lillis Busenbild zusammen und gähnte.

»Ich hätte gerne einen kleinen Kaffee und eine Zigarette.« Sie lächelte wie ein Kind im Spielzeugladen.

»Sehe ich aus wie ein Kiosk? Einsteigen oder laufen? Was nun?«

»Gehen! Ich lerne wieder zu gehen.«

Sie torkelte zum Eingang wie eine zum Leben erwachte Puppe und las sich das Schild durch. Es gab eine Tischtennisplatte, ein Schwimmbecken, Liegen, Ferienhäuschen, Zeltplätze, einmal in der Woche Bocciaspielen mit Florence, Kinderanimation und überteuerte Kaltgetränke.

»Kein Kaffee. Keine Zigaretten.«

Jakob kam von der Rezeption wieder.

»Alles okay, wir sind gleich hier um die Ecke. Komm, Tollpatsch!«

In Mascha keimte langsam eine gewisse Abneigung gegenüber diesem Zeugen Jehovas auf: ›Wieso hat er mir eigentlich nie zuvor gesagt, dass er spinnt? Wieso tut er so, als ob er die Wahrheit in die Wiege gelegt bekommen hat? Wieso gibt es hier keinen Kaffee und keine Zigaretten! Unverschämt ist er.‹

Muffelnd betrat sie ihr neues Zuhause. Es war eines der vielen Vierecke, das durch eine niedrige Hecke von Nachbarvierecken abgetrennt war. Dahinter erhob sich eine alte Kiefer, von der die Nadeln rieselten. Jakob war bereits damit beschäftigt, die Zeltutensilien aus dem Kofferraum zu zerren und auf das vergilbte Rasenviereck zu werfen. Mascha riss das Unkraut auf ihren 16 Quadratmetern Urlaub heraus.

»Sehr fleißig, was du da machst!«

»Haha …« Mascha rupfte weiter.

»Mein Vater hat in diesem Zelt übernachtet, als er durch Europa gereist ist.«

»Schön. – Ich gehe jetzt spazieren.«

»Soll ich hier alleine aufbauen?«

»Ich komme gleich wieder.«

Nach einer halben Stunde kam sie wieder und blies den weißen Rauch ihrer Zigarette in das orange Laternenlicht. Die Grillen zirpten so laut und intensiv als wollten sie Alarm schlagen.

Mascha betrachtete das rote Zwei-Personen-Zelt auf dem gelben Rasen. Alle paar Sekunden wischte Jakob Kiefernnadeln vom Dach. Schließlich baute er einen Campingtisch aus Plastik davor auf.

»Ach, Madame lässt sich auch noch mal blicken! Hilfst du mir jetzt wenigstens mit dem Tisch?«

Sie half ihm. Der Tisch bestand aus einem einzigen Teil. An die Essplatte waren vier Sitzplätze und Standbeine montiert.

»Darauf können wir frühstücken!«

Mascha gähnte.

»Kaffe und Zigaretten«, murmelte sie und platzierte beides auf dem Klapptischstuhl.

Jakob schüttelte den Kopf, als kommunizierte er mit den Zigaretten.

»Besser, wir gehen jetzt schlafen«, meinte er.

Mascha tapste im Nachthemd und mit der Zahnbürste zurück zum Zelt. Die Kiefernnadeln piekten in ihre nackten Fußsohlen.

›Ihr Zug nach Paris geht um acht Uhr und fünf Minuten vom Hauptbahnhof, Madame.‹ Sie dachte an den Anrufer bei ihr zu Hause. Irgendwo hatte sie diese tiefe, freundliche Stimme schon einmal gehört. Aber wo? Wieso war sie eigentlich hier im Süden angekommen und nicht in Paris geblieben? Vielleicht wartete etwas in Paris auf sie. Aber der Mont Ventoux war auf der Karte zu sehen gewesen. Wieso dieser Umweg? Wieso erst nach Paris? Wieso diese Krücke? Wo war die Unterhose? Hatte dieser Spinner hier im Zelt überhaupt etwas mit der ganzen Sache zu tun? Vielleicht war sie ja in Gefahr. Vielleicht war das die Mafia, die sie in ihre Machenschaften hineinziehen wollte, als unschuldiges Opfer. Im Zweifelsfall gehörten alle zur Mafia.

Was machte sie hier? Doch nicht etwa nur Urlaub?

Die Fragen lullten sie besser ein als Baldrian. Im Zelt brannte eine Taschenlampe. Ihr Licht flackerte aufgeregt hin und her. Ein männlicher Schattenriss wackelte mit. Mascha zog den Reisverschluss auf. Jakob saß in seiner Unterwäsche im Schneidersitz und versuchte eine Zeltstange in eine Öse zu schieben, im Mund hatte er die Taschenlampe. Nachdem das Zelt lange gewackelt hatte, stand es nun einigermaßen fest und die Lampe baumelte an der Decke. Jakob knipste sie aus.

»Ich hoffe, du wirst hier schöne Ferien haben«, flüsterte er.

»Du doch auch!«

»Ja, aber ich war hier schon einmal. Für dich ist es neu. Ich weiß, mein Vater redet sehr viel, auch sehr viel von der Religion. Ich finde das nicht gut, aber es heißt, man muss das tun, man muss den anderen Menschen erzählen, was die Wahrheit ist, man muss die Botschaft Jesu verbreiten. Aber ich denke mir trotzdem, dass es nur etwas bringt, wenn der Zuhörer Interesse zeigt. Man muss das Interesse gewinnen und nicht einfach drauflos quatschen.«

»Man muss, man muss«, nuschelte Mascha. Sie gab Jakob einen Kuss auf die Wange, drehte ihm den Rücken zu und schlief ein.

DER WIND GEWINNT

›Du bist ein hübsches Kerlchen. Schade, dass du so blöd bist‹, überlegte Mascha und hörte sich Jakobs leises Schnarchen an. Er hatte im Schlaf seinen Arm um sie gelegt. Sie entfernte ihn vorsichtig, richtete sich auf und öffnete langsam den Reisverschluss des Zelts. Sie sah das gelbe Gras, das geschlossene blaue Zelt ihrer Nachbarn gegenüber. Es war um einiges größer als ihres, davor standen Holzklappstühle und ein weißer Plastiktisch. Sie reckte den Kopf weiter hinaus. Das Sonnenlicht fiel ihr ins Gesicht. Es war still. Ein weiß gekleideter Mann mit Gartenschlauch spritzte die Fliesen am Swimmingpool sauber. Die meisten der Grillen schienen jetzt zu schlafen. Einige Spatzen wachten dafür auf und fraßen sie zum Frühstück.

›Frühstück ist eine feine Idee‹, stellte Mascha fest. Behutsam nahm sie den Autoschlüssel aus Jakobs Hand. Er schien seinen Wagen wirklich gern zu haben. Sie öffnete den Kofferraum. Jakob schreckte auf und spähte aus dem Zelt.

»Ach, du bist es nur.« Er gähnte und sah ebenfalls in die Sonne.

»Ich besorge uns Frühstück, was möchtest du?«

»Schokoladencroissants, zwei Stück.«

»Fein.«

Mascha kramte ihren schwarzen Bikini, gelbe Sandalen, einen 5-Euroschein aus Jakobs Portemonnaie und ein rotes Sommerkleid aus dem Wagen.

Wenig später erschien sie mit einer Palette Plastikbecher, einer Instantkaffee-Dose und drei Schokoladencroissants vor ihrem Zelt. Sie stellte das Frühstück auf den Tisch, schaffte zwei Becher Wasser aus dem Gemeinschaftsbad herbei und warf den kleinen Gasbrenner an. Er zischte auf wie ein wildes Tier, das man aus dem Schlaf gerissen hatte.

»Au!«

Jakob spähte aus dem Zelt.

»Was machst du da schon wieder?«

»Ich habe mich verbrannt.«

»Man kann dich nicht …«

»Ja, ich weiß. Vielleicht hilfst du mir mal hier, Faulpelz! Weißt du eigentlich, wie langsam du bist? Du hast zwei Stunden im Bad gebraucht, bevor wir losgefahren sind!« Sie lutschte an ihrem Ellbogen.

»Ich habe mir die Haare auf den Schultern epiliert.«

»Bäh! Jetzt steh auf! Es ist schönes Wetter!«

Jakob zog seine Badelatschen an und half Mascha, das Wasser im Topf zu erwärmen. Sie gossen es auf die braunen Kaffeekügelchen in ihren Bechern.

»Ich habe Zucker vergessen!«

Triumphierend holte Jakob eine Schachtel Würfelzucker aus dem Wagen.

»Ich denke an alles, siehst du, kleiner Tollpatsch!«

»Hörst du auf, mich Tollpatsch zu nennen!«

»Gut, Miss Catastrophe.«

»Wieso steht hier Würfelzucker, aber in Wirklichkeit sind es Karos und Herzen? Das ist Betrug!«

Jakob setzte sich vorsichtig auf den Klapptischstuhl, Mascha gegenüber. Der Stuhl knackte bedrohlich. Ein kleines Plastikteil mit Schraube sprang ab und landete neben Maschas Fuß.

»Das ist ja beste Qualität!«

»Man muss sich eben sanft setzen. Das ist dasselbe wie mit der Autotür, verstehst du?«

»Ich verstehe! Ich verstehe dich!«

»Na, das ist doch schön.« Er grinste.

Sie bissen schweigend in ihr Croissant.

»Mein Vater denkt, wir werden später heiraten.«

Mascha verschluckte sich.

»Ach, ja?«

»Natürlich. Du wirst auch eine Zeugin Jehovas werden, wir werden heiraten und Kinder bekommen, denkt er.«

»Und was, bitte, denkst du?«

»Ich würde mich freuen, wenn ich die richtige Frau zum Heiraten finde, aber ich bin mir bei dir nicht ganz so sicher, weil …«

»Ich auch nicht! Absolut nicht! Möchtest du noch einen Croissant?«

»Vielen Dank.«

»Gehen wir heute an den Strand?«

»Sicher! Aber ich möchte gerne noch Pingpong spielen.«

»Das würde ich dir nicht empfehlen, ich war drei Jahre im Tischtennisverein.«

»Ach ja? Ich war zwei Jahre dabei. Wieso hast du aufgehört?«

»Ich habe eine Beziehung mit meinem Lehrer angefangen. Er hatte lange blonde Locken und auf seinem Balkon wuchsen riesige Cannabis-Sträucher. Er hat am Tag drei Joints geraucht und wurde immer depressiver. Schließlich, als ich mit ihm Schluss machen wollte, haben wir wieder zusammen einen Joint geraucht und ich habe mich totgelacht, als ich ihm das Ende unserer Beziehung mitteilte. Er hat geweint, weil der Joint gar keine Wirkung mehr auf ihn hatte.«

»Du rauchst Cannabis?«

Mascha sah ihn erschrocken an.

»Manchmal, wenn es mir angeboten wird, aber das kommt zum Glück nicht oft vor.«

»Das ist gar nicht gut. Man muss einen klaren Geist haben, um nachdenken zu können.«

»Mm. Ich hole mal die Kellen aus dem Auto.«

»Aber schließ die Tür bitte.«

»Sanft! Ich weiß!«

»21 zu 21, wir müssen bis 23 spielen! Zwei Punkte Abstand!«

Mascha schnitt den kleinen, leichten neongelben Ball mit der Kelle an, er sprang auf die Kante und in hohem Bogen ins Gras.

»22 zu 21, noch einen Punkt!«

Jakob wischte über seine Kelle.

»Das liegt an der neuen Kelle, sie ist nicht gut, sie ist zu dünn. Ich bin bessere gewöhnt.«

»Jaja, konzentrierst du dich?«

»Lass uns noch den Wind abwarten.«

Sie standen regungslos vor der Steinplatte. Eine warme Brise wehte ihnen durchs Haar.

»Jetzt?«

»Nein, warte.«

»Das ist doch kein Wind, meine Güte! Das ist ein Lüftchen.«

»Moment noch. Warte. Ja, ich glaube jetzt kannst du spielen! Schnell!«

Der Neonball hüpfte los und sprang hin und her über die Platte. Mascha fing wegen des unaufhörlichen Klackens zu kichern an. Jakob sah ernst auf die Platte. Der Ball flog in hohem Bogen auf Maschas Feld, sie schmetterte zurück. Der Ball sprang auf und landete hinter Jakob im Gebüsch, wo er sitzen blieb wie ein Vogelei.

»Gewonnen! Juhu!«

»Das war der Wind, wir spielen den letzten Ball noch einmal!«

»Das war nicht der Wind! Du hast zu hoch gespielt!«

»Ja, weil der Wind zu stark war.«

Mascha hielt den Finger in die Luft.

»Kein Wind!«

»Ja, jetzt nicht mehr! Jetzt nicht mehr! Aber eben!«

»Okay, du hast gewonnen.« Sie grinste.

»Spielen wir noch einmal! Der Gewinner vom nächsten Spiel hat alles gewonnen!«

»Wir haben jetzt schon drei Mal gespielt, es wird heiß! Ich hab keine Lust mehr.«

»Ach was, du machst schon schlapp? Ich bin noch in Topform! Jetzt komm schon!«

Er nahm den Ball aus seinem Nest und wollte weiterspielen. Mascha fing ihn auf.

»Was machst du da? Ich dachte wir spielen?«

»Bist du taub? Ich sagte, es ist mir zu heiß hier!«

»Wir sind im Schatten!«

»Spiel gegen dich selbst.«

Sie warf ihm den Ball zurück und ging in Richtung Zelt. Jakob folgte ihr mürrisch.

»Wenn du zu überanstrengt bist, macht es natürlich keinen Sinn mehr. Du musst mehr für deine Kondition tun. Verstehst du dieses Wort, Kondit…?«

»Ja, ich verstehe!« Sie verdrehte die Augen. »Du benimmst dich wie ein Baby.«

»Wenn ich Sport betreibe, dann mit Ehrgeiz. Wenn du alles nur aus Spaß tust, bist du das Baby.«

»Natürlich.« Sie seufzte.

Jakob trug eine Plastiktüte vom Carrefour mit ihren Badetüchern darin. Auf seinem weißen T-Shirt zeichneten sich erste Schweißflecken ab. Seine Hand weilte in der Tasche seiner roten Badeshorts und umklammerte den Autoschlüssel. Mascha pflückte ein paar der weißen Oleanderblüten, die über die Mauern lugten und steckte sie an ihr rotes Kleid.

»Hübsch siehst du aus. Bist du schwanger?«

»Was?« Sie sah ihn fassungslos an. »Wegen der Blumen?«

»Nein, Tollpatsch! Wegen Deinem Bauch!«

Mascha sah verwundert an sich herunter und zog beschämt ihren Speck ein.

»Du bist ein echter Charmeur, weißt du das?«

»Ich kann charmant sein, wenn ich will. Wenn mir ein Mädchen wirklich gefällt, dann ...«

»Und ich? Ich gefalle dir nicht – oder was? Das ist ja wohl eine Frechheit! Erst lädst du mich zu dir ein und dann ...«

»Ich erinnere dich daran, dass du dich selbst eingeladen hast. Wieso wolltest du mich eigentlich besuchen?«

»Mm, ich weiß nicht, ich – ich habe an dich gedacht, weil – du wohnst in Paris und – ich wollte ...«

»Wie bitte?«

»Ich habe oft an unseren letzten Urlaub gedacht. Das war schön auf der Düne von Pyla. Das war romantisch an diesem Abend im Meer, als niemand am Strand war. Abgesehen von dem Rotz, der mir aus der Nase hing, haha, weißt du noch? Weißt du noch?« Sie boxte ihn in die Seite.

»Ja, ich erinnere mich, Tollpatsch.« Er boxte zurück.

»Also, du wolltest mich einfach so wiedersehen? Nach der ganzen Zeit, in der wir kein Wort gewechselt haben?«

»Ja. Der Sommer hat mich an dich erinnert.« Sie strahlte ihn an.

»Mm.«

»Ist es noch weit?«

»Nein, zehn Minuten.«

Ihre Sandalen wirbelten den feinen hellen Sand auf dem

Bürgersteig auf. Oleanderblüten flogen zu Boden und begannen zu welken. Die Mauern, die honigfarbenen Häuschen dahinter, die Oleanderbüsche davor, all dies wiederholte sich nach jedem Schritt. In der Hitze schien der Weg durch diese schöne Umgebung kein Ende zu nehmen.

»Oh, ein Eichhörnchen!« Mascha blieb stehen und beugte sich über das Tier am Boden.

»Guck mal Jakob, es schläft! So was habe ich noch nie gesehen!«

»Ja, es schläft mit den Fliegen. Bist du blind, Tollpatsch? Es ist tot!«

»Oh!« Mascha beäugte es genauer.

»Wie groß das ist ... seine Augen sind geschlossen. Schau mal, es blutet gar nicht. Vielleicht ist es an Altersschwäche oder an einem Herzinfarkt gestorben! Puh, du hast recht, da sind wirklich Fliegen, Jakob?«

Jakob war vorangegangen ohne sich umzuwenden.

»Das ist ein Eichhorn-Kadaver, kein Hundewelpe! Komm jetzt!«

»Wollen wir es nicht beerdigen?«

»Du spinnst, Tollpatsch! Komm schon!«

Mascha sah auf das dicke Eichhörnchen traurig zurück. Es lag starr auf dem Rücken, die Pfoten hatte es wie zur Umarmung nach vorn gestreckt, seine Nase ragte so in Richtung Himmelsblau, als würde es das Jenseits beschnuppern. Auf seinem weißen Bäuchlein landeten grün schimmernde Fliegen, die letzten Spielgefährten.

»Das Meer! Da ist es! Juhu!« Mascha streifte die Sandalen ab, reichte sie Jakob und eilte los, Jakob mit der Tüte hinterher. Der Strand erschien wie eine Landschaft aus dampfendem Grießbrei.

Mascha rannte immer schneller, nicht aus Freude, vielmehr wegen der Hitze des Sandes. Ihre Füße fühlten sich feurig an, sie sprang in eine anspülende Welle. Eigentlich müssten kleine Rauchwolken von ihren Füßen aufsteigen, so hatten sie gebrannt.

»Deshalb zieht man sich Badelatschen an, Tollpatsch! Wenn es um Verbrennungen geht, bist du ja erstklassig! – Legen wir uns hier hin?«

»Nein, ich möchte noch ein bisschen weiter spazieren, am Wasser. Bis zu den Felsen da hinten!«

Jakob zog jetzt auch gemächlich seine Schuhe aus und beide stapften im feuchten Sand weiter. Durch die Nässe erinnerte er nun an Zimt.

»Gibt es hier auch Muscheln?«

»Ja, bei den Felsen! Und siehst du dort drüben im Meer? Du musst ein bisschen schwimmen, dann kommst du bei den anderen großen Felsen da hinten an, dort gibt es bestimmt auch Muscheln, verstehst du? – Hast du eine Taucherbrille mitgenommen?«

»Nein. Aber du kannst eine kaufen.«

»Du auch. Ich brauche keine Muscheln, ich bin kein Mädchen.«

Mascha hob eine fingernagelgroße weiße glatte Muschel auf, bevor die Welle sie zurück ins Meer mitnahm.

»Die ist aber klein.«

»Da hinten gibt es größere, bei den Felsen habe ich gesagt! Nicht hier!«

Sie langten bei einer kleinen Gruppe cremefarbener Felsen an. Tatsächlich lagen hier handrückengroße Muscheln. Mascha fischte aus den Felszwischenräumen so viele, wie sie tragen konnte. Eine kräftige Welle schlug ihr Meerwasser und weißen Schaum auf das Kleid und in ihr Gesicht. Jakob schüttelte den Kopf und cremte sich Wangen und Nase demonstrativ mit Lichtschutzfaktor 35 ein, setzte einen weißen Anglerhut und eine Sonnenbrille auf.

»Macht nichts, das trocknet wieder! Hast du die Muscheln, die ich dir gegeben habe?«, sagte Mascha.

»Ja! Ich finde, das reicht jetzt! Wir bleiben sicher eine Woche hier! Du musst nicht das ganze Meer leer räumen!«

»Aber guck doch! Hier unter dem Felsen! Da ist noch eine große! Eine rote! Eine geriffelte! Mein Arm ist zu kurz! Jakob, hilfst du mir bitte? Das ist auch die letzte für heute!«

Seufzend begab sich Jakob zu den Felsen, die so satt und schwer beisammen standen, als seien sie Großväter. Jakobs Arme waren weiß von der Sonnenmilch.

»Aber ich habe mich gerade eingecremt ... Welche jetzt? Diese?«

Er hielt ihr eine große Miesmuschelschale vors Gesicht.

»Nein, die ist doch hässlich. Rot und geriffelt habe ich gesagt! Ist das rot?« Sie riss sie ihm aus der Hand und warf sie ins Meer zurück. Jakob zog die gewünschte Muschel hervor.

»Diese?«

»Ja! Oh, da fehlt eine Ecke! Kannst du wieder wegwerfen! Gehen wir?«

Jakob stöhnte entnervt auf. Sie breiteten sein altes Badetuch mit Winnie Puh als Motiv aus und setzten sich. Mascha zog ihr Kleid aus.

»Willst du nicht dein T-Shirt ausziehen?«

»Es ist zu heiß. Ich brauche keinen Sonnenbrand.«

Mascha zuckte die Schultern.

»Tollpatsch lässt sich einen Sonnenbrand nicht entgehen, was?« Er lachte.

»Haha.« Mascha legte sich auf den Bauch und platzierte ihre Muscheln entlang des Handtuchrands in einer Reihe. Sie glänzten noch vom Meer.

»Soll ich dir den Rücken eincremen?«

»Ja, bitte.« Er verteilte die Sonnenmilch auf ihrem Rücken. Bei jedem Sonnenbad gab es diesen kleinen erotischen Moment, der einem die Schamröte ins Gesicht treiben könnte, wenn das nicht schon der Sonnenbrand übernähme.

»Jetzt cremst du mich ein! – Ja, auch an den Schultern! Hast du die Schultern schon? Und dazwischen! Etwas mehr Creme! Unten auch! Über der Hose! Genau! Hast du die Partie zwischen Schultern und Steißbein? Genau dort! Noch einmal die Schultern! So geht es, denke ich.«

»Du hast eine Brustbehaarung wie James Bond.«

»Ja, ich rasiere das manchmal ab.«

»Ich finde das sexy.«

»Ach ja?«

Mascha wischte die Creme an den Beinen ab und legte sich wieder hin.

»Hast du etwa keinen Sonnenhut?«

»Du siehst albern damit aus.«

»Ich sehe lieber albern aus als verbrannt.«

»Wozu habe ich denn Haare auf dem Kopf?«

»Bitte, wie du meinst.«

Sie schwiegen. Mascha kramte in der Plastiktüte und holte zwei Postkarten und einen Kugelschreiber heraus.

»Wo hast du die denn her?«

»Habe ich heute Morgen mit dem Frühstück gekauft.«

»Die sind hübsch.«

Die beiden Karten glichen einander. Man sah die Küste von Cap d'Agde aus der Flugzeugperspektive, um das Bild war ein Rand aus bunten Muscheln gedruckt. Mascha wandte sie um und begann zu schreiben.

»Was schreibst du denn?«

»Es ist auf Deutsch.«

»Ich verstehe ein bisschen Deutsch.«

»Ja, aber sie sind nicht an dich! Ich lese auch nicht deine Post!«

»Wenn ich hier Post hätte, dürftest du sie lesen.«

Mascha schrieb weiter und hielt ihre Hand davor: »Liebe Sonja, ich hoffe alles ist beim Guten, beim Alten und beim Neuen bei dir! Du glaubst nicht, in was für eine Familie ich hier geraten bin! Jakob und seine Eltern sind nämlich Zeugen Jehovas! Aaah! Kannst du dir das vorstellen? Die beten vor jeder Mahlzeit und bei dem Vater bin ich mir nicht ganz sicher, ob er noch ganz richtig tickt. Er hatte einen Autounfall als Kind. Aber sie sind ganz nett. Jakob benimmt sich etwas nervig. Er kann nicht verlieren. Wir haben Tischtennis gespielt heute und nun liegen wir am Strand in Südfrankreich. Vielleicht können wir ja noch den Mont Ventoux (das ist der Berg auf der Postkarte, die vor meinem Bett lag!) besteigen, du weißt ja … Nächsten Sommer können wir beide zusammen wegfahren, das wird bestimmt witziger. Grüß die U-Bahn und deine Eltern von mir! Küsschen, Mascha«

Sie legte die Karte verdeckt auf das Handtuch und schrieb die nächste: »Lieber Papa, ich hoffe, es ist alles beim Guten, beim Alten und beim Neuen bei dir! Die Familie ist sehr freundlich, aber sehr religiös …«

Sie legte die Karte auf die andere und ihren Kopf darauf.

»Was hast du denn geschrieben?«

»Ich habe gesagt, das geht dich nichts an!«

»Darf ich es lesen?«

»Nein! Bist du taub? Ich schreibe dir auch mal eine Karte. Wann hast du denn Geburtstag?«

Jakob ließ beleidigt den Sand aus der Faust rieseln.

»Ich feiere meinen Geburtstag nicht. Aber weißt du, woher mein Name kommt?«

»Nein.«

»Es ist ein Name aus der Bibel. Er bedeutet »Fersenhalter«, weil Jakob sich bei seiner Geburt an der Ferse seines Zwillingsbruders festgeklammert hat. Er hatte zwei Frauen, Lea und Rachel. Später hat er mit einem Engel gerungen.«

»Wieso hat er das?« Mascha gähnte.

»Ich erzähle es dir ein andermal, aber wenn dich das wirklich interessiert, kannst du gerne mitkommen zum Bibelunterricht. Das ist aber kein Spaß, das ist Ernst.«

»Mal schauen.« Mascha legte den Kopf wieder auf die Postkarten und schlummerte ein. Eine gute halbe Stunde später erwachte sie und sah die inzwischen getrockneten Muscheln vor sich liegen. Sie lächelte zufrieden über ihren Besitz. Ihr Körper schmerzte vom Sonnenbrand. Verschlafen wandte sie sich zu Jakob. Er sah sie erschrocken an. Dann grinste er, zuerst hämisch und dann leicht verlegen. In seinen Händen hielt er die zwei Postkarten. Mascha sprang auf und entriss sie ihm. Ärger begann in ihr zu sprudeln wie eine Brausetablette in einem Glas Wasser.

»Bist du bescheuert? Ich habe dir gesagt, du sollst sie nicht lesen! Bist du immer so ein Kleinkind? Ich fasse es nicht! Ich fasse es nicht!«

»Wieso hast du geschrieben, dass es dir nicht gefällt und wieso machst du dich über das Beten lustig?«

»Das spielt gar keine Rolle! Ich habe dir gesagt: Lies bitte nicht die Karten! Du hast sie einfach weggenommen, als ich geschlafen habe! Das ist unglaublich! Du spinnst ja wohl! Du hast überhaupt kein Recht, mir irgendwelche Vorwürfe zu machen!«

»Ach ja? Aber du kannst mir und meinen Eltern das liebe Mädchen vorspielen und hinter meinem Rücken lästerst du!«

»Ich fasse es einfach nicht! Mach dir einen schönen Tag! Ich gehe jetzt!«

Wütend stand sie auf, warf die Muscheln in die Plastiktüte und stapfte durch den heißen Sand davon.

»Warte, ich habe das Handtuch noch nicht zusammengelegt!«

»Du brauchst es auch nicht zu tun! Ich habe keine Lust, irgendwas mit dir zu unternehmen! Ich will alleine sein! Tschüss!«

Eine Kleinfamilie drehte sich erstaunt nach ihnen um, da Maschas Gezeter nicht zu überhören war.

Jakob setzte sich wieder auf Winnie Puhs Kopf.

»Wenn man nichts zu verbergen hat, macht man auch kein Geheimnis aus seinen Postkarten! Ich wusste, dass da irgendwas über mich drinsteht!«, rief er ihr nach.

»Idiot!«, schrie sie zurück und stapfte weiter. Der Sand verbrannte ihr die Fußsohlen, aber sie war zu verärgert um das zu spüren.

Mascha zog ihre gelben Sandalen auf der Straße an und stapfte an einer kleinen Strandbar vorbei die Küste entlang. An der Strandpromenade folgte ein Honighäuschen auf das nächste. Mascha kam auf einen weiß gefliesten Weg, an dem sich eine Palme an die nächste reihte. Hinter einem blauen Metallzaun ragten Oleanderbüsche hervor. Dahinter entdeckte sie einen weiteren, geräumigeren Campingplatz. An einem Obststand kaufte sie einen grün-roten Apfel und stapfte weiter.

Wieso verspürte sie ein schlechtes Gewissen? Was hatte sie denn verbrochen? Nichts! Er hatte die Karten geklaut. ›Du sollst nicht stehlen‹, dachte sie. ›Du sollst nicht lügen!‹, antwortete ihr Gewissen. Wer war jetzt eigentlich schuld? Was war noch einmal Schuld?

Sie suchte nach einer Serviette in der Plastiktüte. Stattdessen sah sie Jakobs Autoschlüssel aufblitzen.

»Oh! Das geschieht ihm ganz recht, haha, hoffentlich denkt er, dass er ihn verloren hat.« Sie grinste und bemerkte ein blinkendes Schild »Cyber-Café«. Gute Laune stieg in ihr auf. Nachdem sie einige E-Mails beantwortet hatte und der Nachmittag sich dem Abend zuwandte, stand sie auf und begab sich auf den Rückweg. Sie war schon lange am Obststand und am Palmenweg vorbei geschlendert, als ihr auffiel, dass sie die Zigaretten im Internetcafé vergessen hatte.

»Mist!« Sie sah sich um. Außer den fröhlichen Häuschen, den Oleanderhecken, deren Blüten sich langsam schlossen, und dem Meer sah sie nichts. Ein Motorradfahrer bretterte an ihr vorbei, aber sie schenkte ihm keine Beachtung. Sie suchte einen Zigarettenladen. Mascha liebte die Zigarettenläden in Frankreich. Die »Bar de Tabac« war die Vereinigung aus drei schönen Erfindungen: Café, Kiosk und Zigarettenautomat. Aber diese Art Zauberladen war hier nirgendwo zu entdecken. Enttäuscht stapfte sie weiter. Sie sah über einen sandigen Parkplatz auf eine kleine, helle Betonstrandbar herüber und las auf einer wehenden orangefarbenen Fahne: »Le Carioca«.

»Dort haben sie bestimmt Zigaretten.« Sie ging über den Parkplatz an einem kleinen Wohnwagen und parkenden Mofas vorbei. Die Tür der Strandbar stand weit offen. An der Bar saß ein sportlicher glatzköpfiger Mann und trank Pfefferminzlikör auf Eis. Neben ihm auf dem Barhocker ein braungebrannter Dicker, der Erdnüsse aus einer Schale fischte. Weit hinten im Raum stand ein magerer Mann, er war rotbraun gebrannt und rührte lächelnd in einem riesigen dampfenden Kochtopf. Ein schlanker Barmann mit schwarzem, glänzendem Haar trocknete hinter der Theke ein Weinglas ab. Vielleicht war er Italiener, überlegte Mascha kurz. Die restlichen blauen Stühle und Tische standen leer und sahen abgenutzt aus. Sie schienen leise zu schnaufen und auszuruhen, bevor die nächsten Gäste zum Abendessen kamen. Sicher hatte man an ihnen oft genüsslich gespeist. Keine Frau war zu sehen. Jeder der Männer unterbrach seine Beschäftigung für einen Augenblick und lächelte in

Maschas Richtung. Jeder, bis auf den Barmann, der ein weiteres Glas abtrocknete.

»Guten Abend!«, rief sie.

»Guten Abend, Mademoiselle! Setz dich doch!« Der sportliche Glatzkopf im roten T-Shirt schob ihr einen Barhocker zu.

»Oh, danke. Ich wollte eigentlich nur …«

»Jetzt setz dich erst einmal!« Er lächelte sie verschmitzt aus seinen hellblauen Augen an. Sein Gesicht war knallrot von der Sonne, seine Nase war spitzt und passte gut zu seiner Unverfrorenheit.

»Ich bin Freddy, und wie heißt du?«

»Mascha.« Sie streckte ihm die Hand entgegen. Er nahm sie, zog sie an sich heran und küsste Mascha auf die Wangen, links und rechts.

»Mascha heißt du! Kommst du aus Russland, ja?«

»Nein, aus Deutschland, aber …«

»Ah! Aus Deutschland! Guten Tag! Wie geht's? Ist das richtiges Deutsch?«

»Ja. Meine Ur-Ur-Großeltern kommen aus Rumän…« Sie hielt inne. »Ich weiß ehrlich gesagt nicht, warum ich das immer erzähle. Ich komme aus Deutschland.«

»Ur-Ur«, murmelte der Barmann und trocknete ein weiteres Glas ab, ohne sie anzusehen. Mascha lächelte.

»Das ist schön! Ich war schon einmal in Düsseldorf! Eine schöne Stadt ist das! Woher kommst du?«

»Aus Berlin!«

»Oh, aus Berlin! Ihr habt viele tolle Nachtclubs in Berlin! Ihr wisst, wie man feiert! Hier, Hugo, er hat den Schlüssel für jeden Nachtclub hier in der Gegend, er ist der König der Clubs! Nicht wahr, Capo?«

Der Barmann Hugo lachte mit rauchiger, leiser Stimme.

»Also, das ist Hugo, unser Chef, unser Capo! Das dort hinten am Kochtopf ist Claude und hier neben mir, das ist ein Freund aus Italien, Enzo! Er besucht uns den Sommer über.« Er sah sich suchend um.

»Das waren alle! Enzos Frau fehlt! Aber das ist ganz gut, denn sie ist furchtbar eifersüchtig! Wenn sie dich sieht, nimmt sie Enzo gleich mit nach Hause!«

»Sehr angenehm. Wohnt ihr alle hier in diesen Häusern?«

»Ich wohne gleich gegenüber, ja! Ich bin Fischer! Enzo ist auch Gastronom, aber in Italien, nicht Enzo? – Gefallen dir die Häuser hier, ja? Enzo nimmt das Mofa, er wohnt in einem Ferienhaus zehn Minuten von hier, Claude wohnt nicht weit von mir, gleich um die Ecke und Hugo hat hier seine Hütte auf dem Parkplatz. Nicht war, Capo?«

Hugo nickte.

»Ich bin eigentlich hierher gekommen, weil ich Zigaretten kaufen wollte, kann man das bei euch?«

»Non, c'est interdit dans les restaurants. *Interdit*, tu comprends?«, erklärte Hugo.

»Ja.«

»Mais tu parles bien le français!« Er goss Rosé in ein kleines Glas und stellte es vor Mascha auf die Theke.

»Tiens. Tu aimes boire du Rosé ?«

»Ja, sehr gerne, danke schön.« Er lächelte unmerklich und nahm seinen Abwasch wieder auf. Mascha trank einen Schluck. Hugo legte eine Pause ein, zog eine Schublade heraus und legte eine Schachtel Marlboro neben ihr Weinglas.

»Maintenant tu es un ami, pour les amis ce n'est pas interdit.«

»Danke.« Sie lachte. Freddy grinste sie herausfordernd an.

»Also, was machst du hier? Urlaub? Bist du ganz alleine hier?«

»Nein, ich habe eine Familie in Paris besucht und nun bin ich mit dem Sohn hergefahren, wir zelten zwanzig Minuten zu Fuß von hier.«

»Wie heißt euer Zeltplatz?«

»Les Mimosas.«

»Ach ja, das kenne ich – und der Junge ist dein Freund?«

»Nein. Er und seine Familie sind Zeugen Jehovas.«

»So eine Scheiße, pardon! Ich meine – und du bist auch Zeugin Jehovas?«

»Nein, ganz und gar nicht. Wusstest du, dass sie keinen Geburtstag feiern, kein Weihnachten?«

»Jaja, sie machen keine Liebe vor der Ehe, sie dürfen keine Bluttransfusion vornehmen, sie versagen sich jeden Spaß im Leben, das ist Mist! Wenn es nach Freddy ginge, könnte man die Bibel mit dem Fleisch auf den Grill werfen und Schluss damit! Man muss doch leben! Was sollen diese albernen Regeln, die einem das Leben versauen? Man muss einfach leben! Man muss Liebe machen, man muss feiern, trinken, ausgehen, tanzen, lachen – und wenn man krank ist, lässt man sich vom Doktor helfen und nicht von Gott! So ein Schwachsinn!« Er ereiferte sich wie ein Politiker vor den Wahlen.

›Man muss, man muss‹, sang Mascha in Gedanken.

»Oder was meinst du, Mascha?«

»Ja, ich denke so ähnlich. Ich finde das mit den Blutspenden schlimm, das verstehe ich wirklich nicht und dieses ewige Missionsgehabe. Ich finde auch, dass sie ganz schön hochmütig sind. Ausgerechnet sie sollen so privilegiert sein! Dass sie glauben, für sie stünde das Paradies bereit und für den Rest der Welt die Hölle, das ist kindisch. Sie denken, die anderen, alle anderen sind Sünder, sind schlechter, dümmer als sie, weil sie ihre Wahrheit nicht akzeptieren. Das hat doch gar nichts mit Nächstenliebe und Toleranz zu tun, denke ich. Aber wenn sie nicht feiern wollen und keine Liebe machen wollen, das ist mir egal. Das stört ja niemanden.«

»Ja, du hast recht. Du bist nicht so aufgeregt wie Freddy!«

Mascha amüsierte, dass er von sich in der dritten Person sprach, ähnlich verrückt wie ihr Vater.

»Du sprichst besonnener. Aber ich meine immer noch: Auf den Grill mit der Bibel! Glaubst du etwa an Gott?« Er fragte so vorwurfsvoll, dass man nicht hätte mit Ja antworten wollen.

»Das kann man so schnell nicht beantworten. Jedenfalls bin ich keine Zeugin Jehovas.«

»Das ist doch super! Also, was machst du den ganzen Tag mit diesem Jungen?«

»Wir sind gestern erst angekommen. Heute haben wir uns gestritten. Er hat meine Postkarten gelesen, als ich geschlafen habe.«

»Was? So was tut man nicht! Freddy tut so was nicht! Und der will gottgläubig sein? Spinner!«

Hugo schwang sich auf die Arbeitsplatte und zündete sich eine Zigarette an.

Mascha bemerkte ein Kitzeln in der Bauchnabelgegend. Sie traute sich kaum, ihn anzusehen. Er wirkte so siegessicher.

»Das Dumme ist, dass ich in der Karte über seinen Glauben gelästert habe.«

»Na und? Er muss sich nicht wundern! Jeder lästert über die Zeugen Jehovas! Jeder macht sich lustig darüber! Die sind doch nicht ganz dicht! Man liest nicht die Karten von anderen Leuten! Wie alt ist er, fünfzehn?«

»Nein, Ende zwanzig.«

»Ende zwanzig und benimmt sich wie ein Teenager! Hast du das gehört, Claude?«

Claude grinste breit in seinen dampfenden Kochtopf und nickte.

»Was macht er da?«, fragte Mascha, deren Bauchnabelregion immer noch Alarmsignale von sich gab, sobald sie ein kleines Husten hinter der Theke vernahm.

»Komm her, schau es dir an! Das ist eine Suppe für heute Abend!«, rief Claude und strich sich den Wasserdampf ins graue Haar.

Mascha kletterte von ihrem Barhocker und ging hinüber zu Claude, dem »Druiden«, sie lugte in den Kochtopf. Darin schwammen verschiedene Meeresschnecken, Muscheln, Crevetten und andere Meeresfrüchte in Tomatensoße, Kräutern und Zwiebeln. Es duftete noch besser als es aussah.

»Das riecht gut!«

»Ja, erstklassig!« Claude grinste sie an. Tausend Fältchen zogen sich über sein rotbraunes, mageres Gesicht. Er zwinkerte ihr zu. Sie lachte und ging zurück zu ihrem Hocker.

»Oh, du hast hübsche Muscheln am Strand gefunden!« Freddy spähte in ihre Plastiktüte.

»Ja, möchtest du eine?« Mascha nahm eine weiße heraus und gab sie ihm.

»Das ist süß von dir! Komm, wir geben uns einen Kuss!« Er gab ihr gleich zwei Wangenküsse.

»Weißt du, du bist ein wunderschönes Mädchen! Ich würde dich sofort heiraten, wenn ich nicht schon verheiratet wäre!«

»Ich dich auch.« Enzo lachte trocken und fischte noch eine Hand voll Erdnüsse aus der Schale. Mascha lächelte verlegen. Freddy richtete seine Kette, an der ein Haifischzahn hing.

»Ich war mit meinem Fischerboot in den Bahamas, da habe ich mich in ein Mädchen verliebt, wir haben geheiratet und jetzt wohnt sie hier bei mir. Aber sie ist faul geworden, sie tut den ganzen Tag nichts weiter als Fernsehen, schlafen und essen. Sie hat zu nichts mehr Lust. Das macht Freddy keinen Spaß mehr! Ich werde mich bald scheiden lassen. Ich bin ein aktiver Mensch, weißt du! So ein Mädchen passt nicht zu Freddy! Außerdem will sie immer wieder neue Kleider von mir haben und ich bezahle! Aber Freddy ist nicht reich, weißt du? Aber für Freddy ist das kein Problem! Ich lasse mich scheiden und suche mir eine andere! Das ist kein Problem für Freddy. Kein Problem, überhaupt kein Problem.«

Mascha nickte monoton vor sich hin.

»Aber du bist doch nicht so faul oder? Was arbeitest du? Oder gehst du noch zur Schule?«

»Die Schule ist seit kurzem zu Ende. Ich habe ein bisschen im Theater gearbeitet.«

»Ach, willst du Schauspielerin werden?«

»Nein, Intendantin.«

»Intendantin? Was hast du im Theater gearbeitet?«

»Ich habe in der Werbeabteilung gearbeitet. Ich habe die neuen Spielpläne gefaltet, in rote Briefumschläge gesteckt, zugeklebt und in einem Karton gestapelt. Etwa 800 Spielpläne waren das manchmal am Tag.« Mascha wusste nicht, ob sie stolz oder beschämt aussehen sollte.

»Du hast Briefe verpackt?«

»Ja.«

»Aber das ist nicht die Arbeit eines Intendanten, oder?«

»So hat jeder Intendant einmal angefangen. Praktikantin, Intendantin … Fast dasselbe Wort auf Deutsch.«

»Ach so, na dann …«

Hinter der Theke vernahm man ein Räuspern. Ihr Bauchnabel sandte sein Signal aus.

»Möchtest du noch etwas Wein?«

»Oh, ich weiß nicht, ob … Ja, ein bisschen! Bloß nicht zu viel! Danke.« Er goss ihr Glas bis zum Rand voll. Sie lächelte ihn so zaghaft an, als ob sie gerade erst zu lächeln gelernt hätte.

»Hugo, richtig?«

»Oui.«

Er zwinkerte ihr zu. Die Bauchnabelregion sandte kräftige Warnzeichen aus.

»Du siehst ein bisschen …« Mascha verstummte vor Aufregung.

Hugo zog erwartungsvoll die schwarzen, ebenmäßigen Augenbrauen hoch. Seine Augen funkelten kakaobraun.

»Als ob du nicht von hier …«

»Italienisch?«

»Ja, ein bisschen italienisch siehst du aus!«

»Ich bin kein Italiener, ich bin Franzose.«

»Oh.« Sie sah ihn so erstaunt an, als hätte er gesagt: »Ich bin kein Italiener, ich bin ein Halbgott.«

Freddy lehnte sich herüber und betrachtete Hugo mit ihr.

»Der Chef sieht aus wie Al Pacino! Stimmt's, Capo?« Hugo grinste breit.

»Ja, er sieht wirklich aus wie Al Pacino! Die Augenbrauen, die Augen, das Lachen, die Gesichtsform.« Maschas Augen wurden immer größer.

»Außer die Nase! Al Pacino hat eine spitze Nase und seine ist kleiner und eher abgerundet.«

Hugo grinste zu ihr herüber. Seine Zähne, besonders die der unteren Reihe, waren vom Rauchen leicht verfärbt. Mascha erschrak plötzlich über ihre eigenen Worte. Noch deutlicher konnte sie ja nicht zur Schau stellen, dass sie ihn begehrte. Die Bauchnabelregion entschuldigte sich für dieses Verhalten beim Verstand. Der Verstand verstand es gut abzulenken.

»Wisst ihr, wie spät es ist? Ich muss eigentlich wieder zurück zum Zelt, ich denke, der Junge will mit mir zu Abend essen.«

»Der Spinner? – Es ist kurz nach sechs! Kommst du morgen Abend wieder? So ab elf Uhr abends?«

»Ja, gerne!«

»Dann bis morgen, Mademoiselle Mascha! Ich freue mich sehr auf dich!« Freddy gab ihr zwei Abschiedsküsse.

»Ja, bis morgen und danke für den Wein und die Zigaretten.«

»Bis morgen!« Hugo nahm ihr leeres Glas von der Theke, wischte mit einem nassen Tuch über die Plastikplatte und widmete sich wieder dem Abwasch. Der Abwasch und das Warten, zwei endlose Geschichten, dachte Mascha.

WIE, WIE …

Die Sonne näherte sich dem Meer, bis sie wie ein Liebespaar ineinander flossen. (Seit wie vielen Jahren waren beide wohl schon zusammen?) »Schade, dass Madu das nicht sehen kann.« Mascha zückte ihre Digitalkamera, schoss ein Foto und schlenderte den Sandweg in Richtung Zeltplatz herunter. Der weiße Bauch des Eichhörnchens war mittlerweile schon etwas eingesackt. Die Fliegen feierten ein Fest.

Als Mascha am Zeltplatz ankam, waren die Grillen im Gesträuch noch wach. Vielleicht war ihr Zirpen ein Klagelied über verlorene Freunde. Die Spatzen schliefen jetzt.

Eine dicke Dame zog letzte Runden im Swimmingpool. Mascha bog um die Ecke und hielt vorsichtig Ausschau. Jakob saß auf dem bekloppten Klapptischstuhl und las in der Bibel. Er sah mit ernstem Blick auf und klappte sein Buch zu.

»Die Autoschlüssel sind weg.«

Mascha gab sie ihm. Er sah erleichtert aus und steckte sie ein. Mascha setzte sich möglichst langsam ihm gegenüber, der Klapptischstuhl knackte. Ein Bein klappte ein und die beiden saßen in der Diagonale. Jakob sah sie fassungslos an. Mascha unterdrückte ein Lachen.

»Steh auf! Wir reparieren das!« Jakob nahm eine Zeltleine und band das Stuhlbein an einem Gebüsch fest. Sie setzten sich erneut vorsichtig nieder. Der Tisch wankte.

»Das habe ich gut repariert, was?«

»Ja.«

»Mit breiten Beinen! Breite die Beine aus! Das ist stabiler!« Beide setzten sich anders hin und umfassten die Tischplatte. Die dicke

Schwimmerin schlurfte in ein Badetuch gehüllt an ihnen vorbei und blickte neugierig herüber.

»Guten Abend.«

»Guten Abend.«

Mascha räusperte sich. »Jakob, es tut mir leid, dass ich dich angelogen habe, aber du musst zugeben, dass es auch nicht ganz recht war, die Karten zu lesen, als ich schlief.«

Jakob nickte. Er sah verletzt aus. Mascha war sich nicht ganz sicher, ob sich Tränen in seinen Augen sammelten, aber er schluckte den Schmerz herunter. Mascha biss sich auf die Unterlippe.

»Ich finde deine Eltern sehr freundlich. Dich natürlich auch, sonst wäre ich nicht mit dir in den Urlaub gefahren. Weißt du, es ist nur sehr … fremd für mich. Ich habe noch nie etwas mit Zeugen Jehovas zu tun gehabt. Alles, was mir fremd ist, erscheint mir anfangs komisch und dann distanziere ich mich davon. Aber ich will dich nicht kränken. Kannst du denn verstehen, dass es jetzt am Anfang eigenartig für mich ist? Du hast eine ganz andere Lebenseinstellung als alle Menschen, die ich bisher getroffen habe. Das ist mir einfach fremd. Außerdem weißt du ja vielleicht, dass es viele Vorurteile gegenüber den Zeugen Jehovas gibt. Aber ich wollte mich nicht über dich lustig machen. Es tut mir leid.«

Jakob sah sie erleichtert an.

»Ja. Ist schon okay. Ich weiß natürlich, dass sich alle über mich und meine Religion lustig machen. Alle meine Freunde sind Zeugen Jehovas, die anderen lachen mich aus. Ich weiß, dass man uns nicht ernst nimmt, aber das ist meine Leidenschaft, das ist mein Glaube. Das ist für mich das Wichtigste im Leben und dann bin ich umso verletzter, wenn jeder darüber lacht. Weißt du? Du musst mich nicht anlügen und so tun, als würde dir alles gefallen. Du musst nicht mit mir beten. Ich bin nicht so wie mein Vater, verstehst du?«

»Ja, ich verstehe.« Mascha schmunzelte leicht.

»Entschuldige.«

»Aber, wenn ich das mal so formulieren darf: Viele von euch, viele Zeugen Jehovas, meine ich, sind auch nicht besonders tolerant. Es ist doch nicht gleichberechtigt, wenn du glaubst, deine Lebensweise ist die richtige und die anderen sind Sünder und kommen in die Hölle.«

»Aber so ist es. So steht es in der Bibel. Nicht ganz so, wie du es ausdrückst, aber ich weiß, was du meinst.«

»Ja, aber das ist doch hochmütig! Mir kommt das vor wie ein Wetteifern vor Gott. Der Hörigste gewinnt. Aber so einfach kann es doch nicht sein. Wenn man alleine startet, gewinnt man ja jeden Wettlauf.«

»Ich verstehe nicht ganz, was du meinst. Ich glaube, was in der Bibel steht – und wer sich nicht an die Bibel hält, begeht Sünden. Wer Sünden begeht, kommt nicht ins Paradies.«

»Da ich nicht an dein Paradies glaube, noch weniger an eines, das nur für Zeugen Jehovas reserviert ist …«

»Nicht für alle Zeugen Jehovas. Wenn die Apokalypse da ist, werden einige von uns im Paradies leben, nicht jeder.«

»Mein Paradies ist hier, ich habe es dir schon mal gesagt! Mein Garten Eden ist eine Stelle als Intendantin am Theater und eine Liebesbeziehung – aber weißt du, Jakob, ich glaube, wir können darüber nicht diskutieren. Man kann nicht darüber streiten, was man glaubt und was nicht.«

»Das stimmt, aber du kannst mir logische Argumente dafür liefern, wieso nicht geschehen soll, was in der Bibel geschrieben steht. Das sind Gottes überlieferte Worte! Außerdem ist das echte Paradies viel schöner als deine Intendantenstelle und eine Liebesbeziehung.«

»Jakob, das ist ein Buch! Die Bibel ist nur ein Buch und Gott ist nur ein Wort!

Eine Freundin von mir sagt immer, die Bibel sei der erste und erfolgreichste Science-Fiction-Roman der Menschheitsgeschichte.« Sie schmunzelte.

»Das ist die Heilige Schrift. Für mich ist das nicht nur ein Buch! Das ist die Wahrheit.«

»Die Wahrheit ist doch für jeden etwas Anderes. Genauso wie die Schönheit.«

»Das ist mein Glaube.«

Mascha gab auf.

»Ich werde die Karten nicht abschicken. Ich habe nicht nachgedacht. Verzeihung. Aber du hast es schon gesagt, also dein Vater – er ist wirklich sehr direkt und nicht gerade offen für andere Anschauungen.«

»Nein, das stimmt. Aber ich bin nicht mein Vater! Ich finde, du bist ein intelligentes Mädchen. Du hast ja schon mit mir diskutiert. Ich rede gerne mit dir. Ich möchte gerne wissen, was deine Ansichten sind, aber dann musst du auch meine anhören und akzeptieren.«

»Ja, du hast recht. Liest du noch einmal meine Karten, wenn ich schlafe?«

»Nein.«

»Vertragen wir uns?«

»Ja.« Sie standen auf, Maschas Sitz sackte in sich zusammen. Sie lachte und umarmte Jakob.

»Hast du Hunger? Da hinten ist ein Pizzastand.«

»Ja! Ich möchte die provenzalische!«

»Die ist mit einem Spiegelei, das weißt du?«

»Nein, aber ich möchte sie! Und eine Flasche Rosé!«

»Eine Flasche?«

Mascha sah ihn erstaunt an.

»Plus zwei Becher.«

Kurz darauf saßen sie auf der Winnie-Puh-Decke neben dem zerbrechlichen Klapptischstuhl. Die Pizza dampfte. Jakob goss seinen Becher halbvoll, Mascha ihren bis zum Rand.

»Ich bete jetzt, aber du musst nicht mitmachen.«

»Fein, fang an! Wenigstens kann man noch die Gläser auf der Platte abstellen!«

»Unser Gott Jehova, wir danken Dir für diesen neuen, erlebnisreichen Tag und diese schöne Pizza. Wir sprechen nicht direkt zu dir, weil wir alle Sünder sind, aber …«

Die Pizzaschachteln und die Becher waren bald geleert.

Möchtest du einen Nachtisch?«

»Wir haben einen Nachtisch?«

»Glaubst du, ich habe den ganzen Nachmittag hier im Zelt gesessen? Ich war einkaufen.«

Jakob holte eine grüne Papptüte aus dem Zelt und schüttete den Inhalt auf einem weißen Plastikteller aus.

»Oh, die sehen wunderschön aus!«

»Ja, die kommen von hier.« Auf dem Teller lagen gelbe Pflaumen mit roten Wangen. Mascha nahm eine und wischte den weißen Belag an ihrem Kleid ab.

»Danke.«

»Gehen wir Morgen in die Disko?« Diese Frage war von Mascha etwas heimtückisch gestellt worden, denn sie war sich sicher, dass keine Waffe der Welt Jakob in die Disko zwingen könnte.

»Wieso willst du in die Disko gehen?«

»Ich habe gehört, die sind hier gut.«

»Wo hast du das gehört?«

»Ach, ich habe heute am Strand zwei Mädchen kennen gelernt.

Sie kommen aus Österreich! Aus Tirol!« Mascha versuchte, möglichst unauffällig zu wirken.

»Möchtest du noch eine Pflaume?«

»Nein, danke. Was für Mädchen? Die wollen mit dir in die Disko, ja?«

»Sie haben nur erzählt, dass sie morgen hingehen und gefragt, ob ich mitkommen will. Brigitte und Lisa heißen sie. Brigitte macht eine Ausbildung zur Tierärztin. Sie ist klein und sieht aus wie ein Maulwurf. Lisa möchte Archäologie studieren. Sie liebt Ägypten. Sie hat Sommersprossen und rote, kurze Haare wie ein Junge.«

Jetzt hatte sie wirklich übertrieben. Was sollten diese Informationen? Sie log ihn ja schon wieder an, aber diese Lügen waren immer noch liebevoller als die Wahrheit, tröstete sie sich. Was war wichtiger: Liebe oder Wahrheit? Passten die zwei Worte eigentlich zusammen?

»Ja, von mir aus kannst du in die Disko gehen. Ich bin nicht dein Vater. Du bist ein freier Mensch. Aber ich bleibe hier. Das ist nichts für mich.«

»Ach, nein? Wieso denn nicht? Willst du wirklich nicht mitkommen?«

»Nein, danke ... Normalerweise geht man in die Disko, um einen Jungen oder in meinem Fall ein Mädchen abzuschleppen. Ist das bei euch in Berlin nicht so?«

Genau so ist es, dachte Mascha und sagte: »Nein, in Berlin geht man nur in die Disko, um sich ein bisschen zu bewegen. Der sportliche Gedanke ist bei uns sehr ausgeprägt.«

»Wirklich? Das ist ja komisch. Bei uns ist das allgemein bekannt, dass man nur in die Disko geht, um jemanden ins Bett zu bekommen.«

»Ich habe ja kein Bett hier – nein, das war nur ein Spaß ... Ich möchte wirklich nur tanzen, mich bewegen, weißt du?«

»Ja, okay, kein Problem! Ich lese dann ein bisschen.«

»Und das macht dir gar nichts aus? Ach, komm doch einmal mit, Jakob!«

»Nein, danke. Es ist ja auch manchmal ganz angenehm, wenn man in Ruhe ist und Zeit zum Nachdenken hat oder zum Lesen.«

»Asterix?«

»Ja, Asterix, die Bibel ...«

»Ja. Ja, das kann ich gut verstehen.«

»Schön. Wollen wir jetzt ins Zelt gehen? Es wird kühl hier.«

Mascha lächelte an die rote Zeltdecke und dachte: ›Ich bin kein Italiener, ich bin Franzose.‹

»Jakob?«

»Ja?«

»Kennst du Al Pacino?«

»Aus dem Fernsehen.«

»Magst du ihn?«

»Geht so.«

»Ich habe heute einen auf der Straße gesehen, der sah aus wie Al Pacino.«

Mascha dachte nach. »Kennst du ›Im Auftrag des Teufels‹, den Film, in dem er mitspielt? ?«

»Nein.«

»Schade.«

»Vielleicht macht Al Pacino ja hier Urlaub.«

Sie lagen auf dem Rücken und starrten an die Zeltdecke. Mascha lächelte so versonnen, als bekäme sie morgen eine Medaille verliehen.

Plötzlich strich Jakob ihr über das Haar.

»Du bist wirklich schön. Ich wollte mich nicht mit dir streiten. Bist du noch böse?«

»Nein.« Mascha wachte blitzschnell aus ihren Träumereien auf.

»Du hast deine Beine wirklich toll rasiert. Ich mag Dein Nachthemd sehr, es ist sehr feminin …«

Jakob lag nun mit unter ihrer Decke und strich über ihren Oberschenkel. Er fing an, ihren Hals zu küssen. Obwohl sie ein gewisses Kribbeln nicht bestreiten konnte, nahm sie seine Hand und legte sie zurück auf die Isomatte.

»Lieber nicht, Jakob. Das macht alles nur kompliziert.«

»Aber ich dachte, du hast öfter kurze Beziehungen, nur aus Spaß!«

Mascha lachte affektiert. »Ja, aber du nicht! Das ist das Problem!«

»Nein, ich nicht, nicht mehr. Seit meiner Taufe nicht mehr.« Jakob überlegte.

»Aber wenn du möchtest, dann können wir ja heiraten, später.«

Mascha lachte noch lauter.

»Was ist denn mit dir los? Erst reden wir über unsere gegensätzlichen Lebenseinstellungen und jetzt willst du mich heiraten?«

Jakob seufzte.

»Von mir aus, gute Nacht.« Er drehte ihr den Rücken zu und schmollte.

Mascha betastete vorsichtig ihre gerötete Kopfhaut unter dem Haar. Die brummte noch immer.

»Jetzt bist du eine Freundin«, hatte Hugo gesagt. Das alte Lächeln legte sich wieder auf ihre Lippen. Es war ein seltenes und weltentrücktes Lächeln, das in dieser Nacht überall nur die Verliebten kannten.

Mascha legte die drei Schokoladencroissants auf den Klapptischstuhl. Die heilsame Monotonie der Ferien begann.

So schien es zumindest, aber auf dem Weg zum Strand sah man heute schon die Umrisse der Rippen beim Eichhörnchen. Der Tod nahm sich keinen Urlaub. Wenigstens die Fliegen feierten noch immer. Es war schon nach zwölf. Jakob hatte viel Zeit und Sonnenmilch verbraucht.

»Hier.« Er holte einen Strohhut aus der Tüte.

»Oh, der ist schön! Danke!«

»Habe ich gestern gekauft. Damit du klar denken kannst.«

Mascha setzte ihn auf.

»Der Himmel ist hier immer blau, so blau wie Vergissmeinnicht.«

»Weißt du, was du bist, Tollpatsch?«

»Was denn?«

»Une fleure bleue.«

»Was ist das?«

»Eine blaue Blume. Das sagt man so bei uns. Sehr romantisch, sensibel, gefühlsbetont … verträumt, zu weich.«

»Nur weil ich den Himmel hier mag? Mm, finde ich nicht.«

»Naja, die meisten Mädchen sind so, Tollpatsch.«

»Du kennst dich aber aus.«

»Ich hatte auch schon einige Freundinnen.«

»Ach ja? Und wieso ist nichts daraus geworden?«

»Drei Mal darfst du raten. Das heißt, einmal habe ich Schluss gemacht, obwohl sie auch Zeugin Jehovas werden wollte.«

»Und wieso?«

»Weil sie mich so sehr angehimmelt hat. Das wurde mir zu viel.«

»Jaja, so ist es oft.«

»Du kennst dich ja auch ganz schön aus …«

Sie grinste, Jakob schaute plötzlich schwermütig drein.

»Was hast du?«

»Ich fühle mich schlecht.«

»Ist dir nicht gut? Willst du umkehren?«

»Nein, ich fühle mich im Herzen schlecht.«

Mascha sah ihn skeptisch an.
»Was hast du denn?«
»Ich hätte dich gestern nicht bedrängen dürfen.«
»Ach, das ist doch nicht so schlimm. Ich bin dir nicht böse, du bist ein Mann.«
»Du bist mir vielleicht nicht böse, aber Gott.«
»Oh! Ach so, ich verstehe. Dann ist es ja nicht so schlimm. Meinst du nicht, dass er angesichts der Lage ein Auge zudrückt?«
»Bitte rede nicht so, Mascha. Das ist wirklich schlimm für mich. Ich bin ein schlechter Mensch. Ich halte mich nicht an die Regeln. Ich möchte ein besserer Mensch werden und Gott gehorchen.«
»Aber, aber – du hast doch gar nichts getan!«
»Aber ich wollte, ich habe dich bedrängt, ich hatte Lust auf dich. Das alles sollte nicht sein. Wir sind nicht verheiratet.«
»Gegen seine Gelüste kann man doch nichts tun und außerdem hat dein Vater gesagt, man darf dreimal vor der Ehe …«
»Das ist Schwachsinn, was er da gesagt hat!«
»Naja, wie auch immer, du hast doch gar nichts verbrochen!«
»Für dich ist das vielleicht nichts, für mich schon. Ich werde ihn um Vergebung bitten. Er ist barmherzig, weißt du?«
»Ja, er wird dir verzeihen, denke ich.«
»Bitte Mascha, du hast keine Ahnung.«
»Okay.« Sie seufzte. Wer hatte ihm das bloß eingebläut?

Eine Möwe pickte zufrieden auf sandige Pommes Frites ein und flog schnell damit davon, als Jakob und Mascha sich näherten.
»Hilf mir, die Decke auszubreiten!«
»Schwimmen wir zu der Boje?«
»Und die Autoschlüssel?«
»Die wird schon keiner klauen!«

Missmutig folgte Jakob ihr ins Wasser. Sie spritzte ihn nass. Auch das ein immer wiederkehrendes Urlaubsritual. Die Sonne ist heiß, das Wasser ist kalt und das Kind in einem fängt wieder an zu lachen, sobald der andere nass ist und quiekt.

»Ich taufe dich! Ich taufe dich!«

Jakob sah sie streng an, Mascha brach ab.

»So tauft man bei uns nicht. Man taucht ganz unter Wasser.«

»So?«

Sie tauchten schließlich beide unter und kraulten zur gelben Boje, an der sie sich festklammerten. Mascha versuchte, die Füße auf das Tau unter Wasser zu stellen. »Ich bin Seiltänzerin, guck!«

Jakob stellte sich daneben und ruderte unter Wasser mit den Armen. Das Tau sank nach unten und beide fingen wieder an zu schwimmen.

»Schwimmen wir zu der Sandbank da hinten?«

»Okay. Wer zuerst da ist!«

Jakob konnte besser schwimmen als Tischtennis spielen. Sie stapften über die Sandbank und kletterten auf die salzweißen Felsen, die aus dem Meer ragten. Sie standen im Ozean. Das Strandleben war so leise geworden, als hätte man den Lautstärkeregler am Radio herunter gedreht. Jakob ging langsam von Fels zu Fels. Einige Steinklötze erinnerten an riesigen, hart gewordenen Käse, weil das Meer kleine Löcher in sie gefressen hatte. Auf anderen sammelte sich eine Haut aus Salz, sie trugen zwar keine Einschusslöcher des Meeres, dafür scharfe, glatte Kanten. Dazwischen öffneten sich schwarze Abgründe.

Jakobs und Maschas nackte nasse Füße fanden immer wieder eine Fläche, auf der sie sicher stehen konnten. Die beiden beäugten ihre Schritte so sorgsam, als seien die Füße ihre Kinder.

»Halt dich gut fest, Tollpatsch! Die haben scharfe Kanten! Gibst du mir deine Hand? Nicht loslassen!«

»Ja, schau mal da unten, das Rote!«

»Das ist eine Qualle, glaube ich.«

»Igitt!«

Neben diesem Schleimtier (man konnte es eigentlich nicht als Qualle identifizieren) saugten sich Hunderte kleiner Miesmuscheln an den Felsenrändern fest und ließen sich von der Brandung benetzen und füttern. Diejenigen, die keinen Platz an den Felsen gefunden hatten, klebten mit Hilfe ihrer Fäden an ihren Artgenossen, an ihnen saugte sich wieder eine andere Muschel fest und so weiter, sodass sich schwarze Klumpen gebildet hatten.

Ihre derben Schalen öffneten sich zum Fressen und zum Atmen und schlossen sich, wenn es gefährlich wurde. Zum Beispiel, als Mascha begann, an einer der Muscheln zu ziehen. Sie hatte sich aber so an ihrem Nachbarn festgesaugt, dass es unmöglich war, sie zu lösen. Mascha zog und drückte kräftiger. Die schwarze Schale zerbrach. Ob die Muschelgemeinschaft jetzt wohl trauern würde? Die richtige Farbe für eine Beerdigung hatten sie jedenfalls … Mascha ließ die sterbende Muschel los und kletterte zu Jakob herüber, der sich auf einem Felsen weiter vorne gesetzt hatte und auf das Meer blickte.

»Siehst du die Segelschiffe?«

»Mm.«

»Oh, jetzt kommt eine große Welle! Halt dich fest!«

»Wo denn?«

»Na, am Stein! Hältst du dich fest?«

Die Welle schlug auf und spritzte ihnen Wasser ins Gesicht. Mascha schüttelte sich erschrocken, rieb das Salzwasser aus den Augen und spuckte.

»Komm, Tollpatsch, schwimmen wir zurück.«

Jakob trocknete sich ab und begann erneut mit seiner Sonnenmilch-Prozedur.

»Es wird mir zu heiß. Kommst du mit zum Pool?«

»Nein, ich finde es schön so heiß.«

»Willst du alleine hier bleiben?«

»Ja, wieso nicht.«

»Aber pass auf mit der Sonne. Ich will mir heute Nacht nicht dein Gejammer anhören.«

»Ich jammere nie.«

»Ja, ja, bis später, Tollpatsch!«

»Lässt du den Asterix-Comic hier?«

»Nicht die Bibel?«

»Das lese ich morgen!« Sie schmunzelte.

Mascha las »Asterix auf Korsika« und beschloss spontan, später auch auf dieser Insel zu leben. Sie empfand, dass die Uhrzeiger sich gemächlicher drehten als sonst. Sie suchte in der Tüte ein Lesezeichen und fand die Postkarte vom Mont Ventoux. »Huch! Wie kommt die denn da hinein? Hatte Jakob sie gefunden? Ich hatte sie doch die ganze Zeit im Kofferraum bei der Krücke gehabt und wir waren immer zusammen. Komisch.« Sie starrte die Karte fasziniert an und drehte sie um. Darauf stand immer noch derselbe eine Satz: »Ihr Zug nach Paris geht um acht Uhr und fünf Minuten vom Hauptbahnhof, Madame.«

Auf ihrem Rücken kitzelte es. Konnte die Sonne so kitzeln? Sie fasste sich auf den Rücken. Das war Sand. Sie wandte sich um.

»Du wirst dich noch verbrennen, meine kleine Intendantin.«

Hugo hockte bei ihr. Er trug eine weiße Leinenhose und ein weit geöffnetes schwarzes Knöpfhemd. Sie spähte auf seine blanke braune Brust. Die Sonne war auf einmal noch heißer. Er ergriff ihr weißes Hemdchen und half ihr hinein. »So ist es besser.«

Mascha fand das Anziehen noch nie zuvor aufregender als das Ausziehen. Er zog vorsichtig ihr feuchtes Haar unter dem Kragen hervor. Seine Finger strichen über ihren Hals. Sie hörte seine ruhigen Atemzüge. Die Bauchnabelregion vermeldete mehrere Kometeneinschläge.

»Danke, das ist sehr, sehr aufmerksam. Ja.« Sie bestaunte ihn.

»Ist dein Freund verschwunden?«

»Ja, aber – aber, das ist nicht mein Freund, das ist nur – nur ein Bekannter.«

Hugo nickte und zog dabei die Augenbrauen empor.

»Kommst du heute Abend?« Er lächelte verstohlen, neben seinen kakaobraunen Augen bildeten sich feine Lachfältchen. Wie alt er wohl war, sicher schon über vierzig. Naja, nur Zahlen, dachte Mascha.

»Ja, ich komme heute.«

Sein Zigarettenlachen erklang.

»Was findest du so lustig?«

»Deine Aussprache. Du sagst nicht *oui*, du sagst *wie* …«

Mascha lachte verlegen.

»Ça va, Mascha?«

»Ja, es geht.«

»*Wie, wie!* Hast du neue Postkarten gekauft? Die darfst du aber nicht deinem Typ zeigen, was?« Er deutete auf die Karte vom Mont Ventoux.

»Nein, das ist nur – ich weiß auch nicht, woher diese Karte kommt, aber deshalb bin ich eigentlich hier. Kennst du den Mont Ventoux?«

»Ja, sicher. Bei der Tour de France radeln sie auch über den Mont Ventoux, weißt du?«

»Nein, aber ich würde gerne einmal hinaufklettern.«

»Los geht's!« Er streichelte ihr über den Kopf und richtete sich auf.

»Gerne, wenn du Wanderstiefel für mich hast – wohin gehst du?«

»Schlafen. Ich bin so müde. Immer bin ich müde.« Er lächelte in die Sonne.

»Bis heute Abend, Mademoiselle.«

War das ein Traum, eine Fata Morgana vielleicht? Mascha sah glücklich an ihren braunen Beinen herab.

»Meine kleine Intendantin hat er gesagt.«

Ein Junge mit Lockenkopf kam mit einem Bauchladen vorbei spaziert.

»Möchtest du gebrannte Mandeln kaufen?«

»Kleine Intendantin hat er gesagt.« Mascha strahlte ihn geistesabwesend an.

»Warum heulst du? Warum heulst du? Warum? Hör auf zu heulen! Hör auf!« Der entnervte Vater aus dem Nachbarzelt schrie aus Leibeskräften sein Kind an. Mascha riss entsetzt die Augen auf.

»Wir haben neue Nachbarn.«

»Wie schön.« Sie sahen sich verständnislos an.

»Also, heute geht's in die Disko, ja?«

»Ja, mit Brigitte und Lisa. Sie freuen sich sehr, dass ich mitkomme.«

»Aha. Willst du vorher noch etwas mit mir essen? Ich habe Ravioli in der Dose gekauft.«

»Nicht Coq au vin?«

»Wieso Coq au vin?«

»Ach, nur so. Madu mag das.«

»Madu? Breitest du die Decke aus?« Mascha tat, was ihr befohlen, setzte sich und rauchte.

»Haben wir noch etwas von dem Rosé?«

»Nein, soweit ich mich erinnere, hat ein gewisser Tollpatsch heute Vormittag den Rest verschüttet.«

»Ich war eben müde.«

Nachdem sie gespeist hatten, das Nachbarkind und sein Vater endlich aufgehört hatten zu schreien und die Laternen angingen, zog Mascha fünf Kleider aus dem Kofferraum und verkroch sich im Zelt.

»Was wird denn das jetzt? Modenschau? Ich dachte, du gehst mit Brigitte und Lisa aus!«

»Ja, aber du musst wissen …«, erklang es aus dem Zelt, »in Berlin geht man immer sehr gut gekleidet in die Disko, denn wenn man sich selbst hübsch findet – au, hier liegen Kiefernnadeln im Zelt, Jakob! Wenn man sich selbst hübsch findet, hat man auch mehr Lust sich zu bewegen, und dann geht es eins, zwei, drei, vier auf die Tanzfläche! Das ist eine Art Aerobic, nur abends!«

»Aha.«

»Wie sehe ich aus?« Mascha zeigte ihr erstes Kleid. Es war olivgrün, kastenförmig und sehr kurz.

»Zu kurz. Die Farbe erinnert mich an diesen Schleimgeist aus Ghostbusters.«

»Gut, dann nicht!«

Sie erschien mit einem gelben Flamenco-Rock, einem Jeanskleid. Schließlich in einem weißen, kurzen Faltenrock und einem braunen Trägertop, auf dem gedruckte weiße Rosen rankten.

»Das ist schön! Es passt gut zu Deinem Sonnenbrand, Tollpatsch!«

»Ich bin braun, nicht rot! Aber Jakob, kann man sich auch gut darin bewegen?« Sie lächelte in sich hinein.

»Ja, ich denke schon, das kommt auf die Schuhe an. Du brauchst noch eine Jacke!«

»Ich habe das!« Sie hielt ein weißes Strickjäckchen in die Höhe und band es sich um den Hals.

»Jetzt habe ich dieselbe Farbe wie die schönen Muscheln am Strand.«

»Aber dich wird man nicht auflesen und als Souvenir mitnehmen, Tollpatsch! Dich lässt man links liegen.« Jakob lachte.

»Nein, also, ich wünsche dir auch einen angenehmen Abend, Sportsfreund! Eins, zwei, drei vier!« Sie schlug in die Hände.

»Du spinnst, Tollpatsch. Bis später.«

»Ja, bis – bis Morgen!«

Die Oleanderblüten waren geschlossen, der Weg zum Strand stockdunkel. Die Grillen zirpten unheimlich, sie schienen heute hämisch zu lachen. Mascha dachte an einen Film von David Lynch, in dem eine Gruppe kreischender Jugendlicher in einem Auto durch die Nacht raste. »Wenn solche Irren jetzt an mir vorbei fahren, bekomme ich noch Angst … aber das ist albern.« Sie hörte ein Motorengeräusch. Ihr Herz schlug schneller. ›Puh, nur ein Motorradfahrer!‹ Mascha atmete auf, bis sie den dunklen Eichhörnchenkadaver am Wegrand bemerkte. Man sah jetzt das Skelett unter der Haut. Die Fliegen schliefen. Mascha begann zu sprinten. Der Motorradfahrer fuhr wieder zurück und an ihr vorbei. Sie beschleunigte ihre Schritte, erkannte endlich die schwarze Fläche vor sich und hörte das Meeresrauschen. Die Strandbar war hell erleuchtet. Die orange Flagge wehte im kräftigen Nachtwind. ›Le Carioca, da ist es endlich.‹

Sie verlangsamte ihren Schritt, richtete ihr vom Sommer aufgehelltes Haar, trug Lippenstift auf und schlenderte auf das Licht zu. An einem der Esstische saß der beleibte Enzo mit zwei Jungen in Maschas Alter. Eine Frau, Mitte vierzig, unterhielt sich mit Claude am Ende der Bar. Auf den Barhockern weiter vorn saß ein Mann mit rundem Bauch und legte seinen Arm um eine bunt geschminkte und gekleidete Dame mit ebenso rundem Gesicht. Sie hatte ihr Haar dunkelorange gefärbt und nippte an einer Piña Colada. Mascha schätzte die Frau auf um die fünfzig. Freddy schien zu Hause bei seiner faulen Frau zu sein. Hoffnungsfroh lugte sie hinter die Theke. Dort stand er. Dort stand Hugo und goss grünen Pfefferminzlikör mit lockerer Hand in die mit Eiswürfeln gefüllten Gläser. Um seinen Zeigefinger war ein dicker Verband gewickelt. Mascha verspürte sofort das Verlangen, ihn heil zu küssen … die Bauchnabelregion rief Alarmstufe eins aus.

»Guten Abend!«, rief sie etwas schüchterner als beim letzten Mal.

»Guten Abend!«, rief die Dame mit dem Orangenhaar und sah freundlich zu ihr herüber. Hugo goss grünen Likör in Gläser, sah kurz auf und zwinkerte ihr zu.

»Hallo, hallo!«, stimmten die beiden Jungs ein und schauten intensiv zu ihr herüber. Wie zwei Pfauen beim Radschlag.

Enzo nickte freundlich und warf sich die letzten Erdnüsse aus einer Schale in den Mund.

Claude verbeugte sich und sein Lächeln zog ihm wieder Falten ins Gesicht. Die Dame, mit der er gesprochen hatte, blickte Mascha argwöhnisch an. Sie ging mit klackenden Schuhen auf Enzo zu, legte ihre Hand auf seine Schulter und erklärte:

»Das ist meiner! Nicht berühren! Guten Abend.«

Sie gab dem verlegen kauenden Enzo einen Kuss und verabschiedete sich. Die Gäste schmunzelten.

»Setz dich doch!«, rief der rundliche Begleiter der Orangenhaar-Dame.

Mascha begab sich auf einen der Barhocker an der Theke.

»Rosé?«, erklang es hinter der Theke. Ihr Herz strampelte wie ein Baby und ehe sie ein Ja herausbrachte, stand das Weinglas schon vor ihrer Nase.

»Ich bin Pierre und das ist meine wunderschöne Frau Veronique!«, verkündete der rundliche Herr neben ihr und nahm seine bunte Frau in den Arm. Sie küsste ihm auf die Stirn.

»Sehr angenehm, ich heiße Mascha.«

»Mascha heißt du also! Gehst du heute Abend mit uns in die Disko?«, fragte der eine Junge neben Enzo. Sein Freund schien etwas schüchterner zu sein, vielleicht lag das an seinen vielen Pickeln.

»Also, nein, das heißt, ich weiß es nicht – wie heißt ihr denn?«

»Ich bin Mathieu und das hier ist Bruno.« Der Junge strich sich durchs Haar. Sein pickliger Freund nickte, Mascha nickte zurück und wandte sich wieder der Theke zu.

»Wir wohnen hier ganz in der Nähe! Am Hafen geht die Post ab! Wenn du mitkommst, können wir etwas zusammen trinken! Capo, kommst du auch mit?«

Hugo antworte nicht und servierte dem turtelnden gewichtigen Pärchen Likör.

»Hey, Capo, bist du taub geworden, oder was?« Der Pfau lachte.

»Willst du gehen? Du beruhigst dich jetzt erst einmal!«

Der Junge hielt beschwichtigend die Handflächen vor seine Brust. Mascha starrte Hugo mit offenem Mund an und nahm einen weiteren Schluck Wein zu sich.

»Ja, wir wollen gehen! Mit dir, Capo! Gehst du nicht tanzen heute?«

»Ich werde ausgehen.«

»Na, also! Kommst du auch mit, Mädchen? Ich sage dir, das ist super-cool am Hafen! Nur nette Leute in den Clubs und die beste Musik, die du dir vorstellen kannst! Die Mädchen dort sind super heiß, weißt du!«

Hugo trocknete ein Glas ab, stellte es ins Regal und stütze sich vor Mascha auf die Theke.

»Er redet zu viel, hein?« Mascha atmete hastiger durch die Nase und nickte stumm.

»Was hast du ihr gesagt, Capo? Hey, antworte doch mal! Können wir noch einen Likör haben? Capo, was ist denn los mit dir?«

»Er redet zu viel.« Flüsterte er noch einmal. Mascha schmunzelte.

»Was hast du mit deinem Finger gemacht?«

»Ich habe ein Glas zerbrochen.«

»Ist es sehr schlimm?«

»Ich bin fast tot.« Er grinste und schenkte ihr nach.

»Der Wein ist sehr gut.«

»Ja, er ist französisch.«

»Wie du.« Sein trockenes Gemisch aus Husten und Lachen erklang. Der rundliche Mann wandte sich Mascha zu. Sein Gesicht hatte die Form eines Crêpe, sein Haar wirkte taubengrau und seine Augen waren zwei braune, fröhliche Schlitze.

»Ich bin Pierre, haha, wir haben uns schon vorgestellt, oder? Kennst du mich schon?«

Mascha sah ihn verwirrt an.

»Nein, woher?«

»Na aus dem Fernsehen!«

»Er ist Nachrichtensprecher für den lokalen Sender.« Seine Frau tätschelte zärtlich seine Schulter und zündete sich eine Zigarette an.

»Ach, ja?«

»Ja, ich denke, es wird nicht mehr lange dauern, dann werden sie mir eine Stelle bei einem größeren Sender anbieten. Aber ich bin schon jetzt sehr bekannt, weißt du … Natürlich nur in der Region, aber man kennt mich. Heute haben wir über die Fischindustrie berichtet.«

»Ach, ja?«

»Ja, ja.« Er sah auf seinen grünen Likör und nahm einen großen Schluck.

»Der ist gut, magst du probieren?«

»Nein, danke.«

Hugo stellte dem Pärchen stumm zwei weitere Liköre auf die Theke. Er selbst trank eine Cola mit Rum.

»Prost, Capo!«

»Cin!«

Nachdem Mascha noch einmal die bedeutungslose Herkunft ihres Namens und die Geschichte ihrer gläubigen Gastfamilie erzählt hatte, gab es nur noch immer wieder zu erwähnen, dass es langsam spät wurde.

Der regionale Nachrichtensprecher und seine bunte Frau küssten und verabschiedeten sich bald darauf mit roten Gesichtern. Enzo sah auf die Uhr und verließ die Bar mit den Worten: »Ich muss zu meiner Frau!«

Der Koch Claude zwinkerte Mascha mehrere Male zu und tänzelte mit eigentümlichem Grinsen in die Nacht.

›Jetzt sind es nur noch zwei, die stören‹, dachte Mascha und seufzte in Richtung der jungen Pfauen.

»Setz dich doch zu uns, Mädchen! Und? Was ist denn nun? Kommst du jetzt mit? Oder wenigstens du, Capo?«

Hugo schlüpfte hinter der Theke hervor, ging zum Tisch neben den Pfauen und bot Mascha einen Stuhl an.

»Setz dich!«

»Danke.« Mascha hüpfte vom Hocker, nahm ihr Glas und die Zigaretten und setzte sich allein an den Tisch. Hugo ließ sich ihr gegenüber nieder. Er schien die Pfauen vollkommen zu ignorieren. Sie ihn leider nicht.

Er zog an seiner Zigarette und starrte Mascha mit seinen kakaobraunen Augen an, ohne eine Miene zu verziehen.

»Heute ist Samstag, Capo! Jetzt komm schon mit! Also als wir letztes Mal in der Disco waren ...«

»Wie geht's, Mascha? Amüsierst du dich?«

»Der da spricht zu viel.«

»Ich weiß.«

Hugo trug schwarze Ledersandalen. Er rückte mit dem Stuhl nach vorne und schob seinen Fuß neben Maschas, so, dass sich ihre Knöchel berührten. Der alte Plastiktisch verstand es gut, diese sanfte Geste zu verstecken. Mascha schluckte. Die Bauchnabelregion und das Herz verkündeten Alarmstufe drei.

»Und dann kannst du aus der Disko kommen und am Strand

weiter trinken! Das haben wir letztes Mal gemacht! Hey, Capo! Hey! Hallo? Hörst du noch zu? Also ich und Bruno, wir gehen jetzt los! Kommst du nun mit?«

Ihre Füße hatten sich nicht vom Fleck bewegt, der Tisch schien diesmal sentimental zu seufzen. Mascha hatte vor lauter innerem Alarm die Sprache verloren.

»Kommst du nun mit, Capo?«

»Nein. Ich werde mit der Kleinen ausgehen«, murmelte er.

»Mit der Kleinen?«

Mascha lächelte empört.

»Mit der Großen?«

»Genau.«

»Mm. Okay, also, wir gehen jetzt. Wir sind am Hafen, falls ihr nachkommen – wie auch immer, tschüss!«

Die Pfauen verschwanden. Mascha hätte am liebsten applaudiert.

»Was tust du gerne, außer schlafen?«

»Ich mag reisen, Liebe machen, lesen, fernsehen, Fahrrad fahren, essen, trinken, rauchen, schlafen, nachdenken, die Frauen, die Freunde, die Vögel, die Musik, die Hunde, den Strand, ausgehen, zu Hause bleiben, alleine sein und zusammen sein, schwimmen, sonnen, spazieren gehen, faulenzen, arbeiten, lachen, weinen, den Himmel, die Sonne, den Regen …« Mascha fing an zu lachen.

»Du magst also nahezu alles?«

»Oui, und du?«

»Ich schwimme auch gerne. Wollen wir jetzt schwimmen gehen?«

»Oh nein, es ist zu kalt.«

»Schade. Kennst du den Film ›Im Auftrag des Teufels‹?«

»Non. Warum?«

»Da spielt Al Pacino mit. Ich meine nur, weil du ihm ähnlich siehst. Er spielt den Teufel.« Mascha schmunzelte wieder.

»Willst du sagen, dass ich der Teufel bin?«

»Ja, genau.«

Hugos Zigarettenlachen erklang. Er zog seinen Fuß zurück und stand auf. Er schaltete das Licht aus. Nur die Laternen von draußen atmeten noch einen Lichthauch in die Bar. Das Meer rauschte wild, es schien sich genauso aufzuregen wie Maschas Herz. Hugo schlich durch das Dunkel auf sie zu, stütze sich an ihrem Stuhl ab und lehnte sich über sie.

»Bin ich der Teufel?«

»Ja«, war wohl das letzte Wort, das sie heraus brachte. Die Bauchnabelregion rief den Ausnahmezustand aus.

»Non, du bist der Teufel!«

»Nein, du.« Seine Lippen berührten ihre. Sie begannen sich langsam zu küssen, aber ihre Lust beschleunigte das Tempo. Hugos Hand strich über Maschas Knie nach oben. Sie stand auf und lehnte sich gegen die Theke. Sie strich hastig über seinen Rücken und durch sein schwarzes Haar. Er küsste ihren Hals und ihr Dekolleté.

»Ich mag dich.«

»Mm, auch – auch ich – ich dich auch«, vermochte Mascha noch zu stammeln.

Er nahm ihre Hand und beleuchtete mit seinem Handy den Weg zum Ausgang. Sie gingen ungewöhnlich rasch auf den kleinen Wohnwagen auf dem Parkplatz zu. Hugo öffnete die Tür, hob einige Hemden und Handtücher vom Boden auf und warf sie in eine Ecke des Wohnwagens, der von einem Tisch, einem Bücherregal, dem Fernseher und einem Doppelbett ganz ausgefüllt wurde. Mascha setzte sich auf das Bett, Hugo schaltete den Fernseher ein. Es gab die Wiederholung der Tour de France vom Vormittag. Hugo nickte dem Fernseher zu.

»Der Mont Ventoux!«

»Ja? Wer gewinnt denn?«

»Nicht die Franzosen, nicht die Deutschen.«

Er streckte sich auf seinem Bett aus. Mascha legte sich neben ihn. Sie sahen sich an.

»Du bist der Teufel! Die Teufelin!«

»Na gut, wir sind beide der Teufel.«

Mascha begann ihn zu küssen und sein Hemd aufzuknöpfen. Unter seiner rechten Brustwarze entdeckte sie einen tätowierten chinesischen Drachen.

»Was bedeutet das?«, fragte sie flüsternd.

»Der bringt Glück, hat man mir gesagt.«

»Und, klappt es?«

»Bis jetzt schon.«

»Du hast so schöne schwarze Wimpern, sie sind so geschwungen wie bei einem Hengst.«

»Merci.« Er grinste.

Sie küsste den Drachen und legte ihren Kopf auf seine Brust. Er umarmte sie und streichelte sie immer schneller. Ihre Atemzüge beschleunigten sich rasch. Schließlich begann sie sich in seine Bauchnabelregion vorzuküssen, bis Hugo die ihrige erforschte. Sie wälzten sich auf- unter- und nebeneinander. Nicht nur ihre Lippen und Zungen, sondern ihre ganzen Körper schienen sich zu küssen. Ihre Unterhaltung bestand aus « Oui ... » und « Wie … ». Mascha bewegte sich auf seinem Schoß und strich über seinen nass geschwitzten Drachen.

Im Fernseher strampelten die Radfahrer den Hang hinauf, rissen am Lenker hin und her, so schnell sie konnten. Die roten Trikots fuhren dicht an den roten, die gelben an den gelben und die blauen an den blauen … Der Kommentator verströmte eine Leidenschaft, die auf Mascha und Hugo überschwappte. Der Sprecher schrie: »Er ist vielleicht der Schnellste! Oh-lala! Er attackiert seinen Hintermann! Nein, das ist ja Bennati! Er überholt ihn! Er holt fast zwanzig Meter Vorsprung heraus! Ja! Ja! Das ist der Sieg für Bennati! Mein Gott, das ist unglaublich! Ja!« – Mascha und Hugo schrieen Ähnliches.

Später zündete Hugo sich eine Zigarette an und sah auf den Bildschirm. Mascha bestaunte ihn noch immer.

»Rauchst du?«

»Ja.«

»Rauche!« Er warf ihr die Schachtel zu und lächelte.

»Leben deine Eltern hier?«

»Ja, und deine Eltern?«

»Mein Vater in Berlin, meine Mutter ist schon tot.«

»Oh. Das ist nicht einfach. Das Leben ist nicht einfach.«

»Du hast recht.« Auf ihre Lippen legte sich ein gequältes Lächeln.

»Mein Großvater ist auch tot.«

»Oh. Das Leben ist nicht leicht, nicht leicht ...«

»Ja.« Er lachte bitter. Sie schwiegen und hörten Carla Bruni zu, die im Fernsehen sang.

»Hugo, ich glaube, ich muss langsam wieder zum Zelt zurück.«

»Willst du denn nicht hier übernachten? Soll ich dich nach Hause fahren?«

»Das wäre natürlich schön. « Sie sah ihn mit Rehaugen an.

»D'accord.« Hugo gähnte.

»Müde?«

»Ja, müde. Immer müde. Hugo ist immer müde.«

Mascha schmunzelte verliebt.

»Morgen muss ich wieder früh aufstehen. Immer um sechs Uhr morgens.«

»Es ist jetzt drei Uhr nachts. Wann schläfst du denn?«

»Nachmittags. Ach nein, morgen arbeite ich ja gar nicht!« Er freute sich, Mascha sich mit ihm. Sie zogen sich langsam an, unterbrochen von Liebkosungen, und traten in die Nacht hinaus. Hugo öffnete die Pforte und stieg in seinen grünen Honda. Mascha begab sich auf den Beifahrersitz, sie starrten geradeaus, aber die Frontscheibe war so voller Sand, dass man nichts sehen konnte.

»Oh!« Hugo stieg wieder aus und wischte ein Rechteck frei. Mascha knallte die Tür zu und sah Hugo erschrocken an, aber er lächelte nur kurz auf und begann wieder, sie zu küssen.

»Beeil dich, der Junge ruft noch die Polizei, wenn ich nicht mehr komme. Ich habe ihm gesagt, ich bin mit zwei Mädchen in der Disko.«

Hugo lachte heiser. Sie rasten den düsteren Sandweg entlang.

»Stop! Hier ist es! Hugo, wenn du ausgeschlafen hast, willst du dann mit mir zum Mont Ventoux fahren, ich meine wegen der Postkarte. Es wäre sehr schön, ihn zu besteigen.«

»Welche Postkarte?«

»Die ich heute am Strand hatte. Fahren wir morgen?«

»Aber das ist sehr weit von hier.«

»Und wenn wir früh fahren?«

»D'accord, meine Intendantin.« Sie umarmten und küssten sich. Mascha strich seinen Gürtel entlang. Zwischen zwei Küssen murmelte er: »Al Pacino, ich bin wie Al Pacino!« und Mascha wurde es für einen winzigen Moment ganz mulmig zumute. Wieso wollte er sein wie Al Pacino? Reichte denn nicht aus, was er war?

Doch als seine Hand wieder ihre Bauchnabelregion erkundete, verpuffte die Frage ganz von selbst.

UNE BELLE MAISON

»Den höchsten Berg dieser Gegend, den man nicht unverdient Ventosus, den Windumbrausten, nennt, habe ich am heutigen Tage bestiegen, einzig von der Begierde getrieben, diese ungewöhnliche Höhenregion mit eigenen Augen zu sehen.«

»Quoi?«

»Das habe ich aus dem Internet! Wir sind nämlich nicht die ersten, die diesen Bergpfad hinauf wandern, nein …«

Hugo runzelte die Stirn.

»Auch Petrarca ist damals … kennst du Petrarca?«

»Rauchst du?«

»Nein, danke. Naja, ist ja auch nicht so wichtig.«

Mascha faltete ihre Papiere zusammen, setzte eine Sonnenbrille auf und kletterte über den weißen Schotterweg hinter Hugo her. Es roch nach Thymian.

›Wie auf der Postkarte‹, überlegte Mascha.

»Da oben beginnt ein Waldweg.«

»Ja, hier gibt es auch Wildschweine, glaube ich. Hast du Angst?«

»Solange sie uns nicht angreifen.«

Hugo blieb auf einer kleinen Anhöhe stehen und steckte sich eine Zigarette an. Mascha zog sich an trockenem Gestrüpp zu ihm hinauf. Die Äste ritzten weiße Striche auf ihre braunen Beine.

»Puh, die Luft wird langsam dünn.«

»Ich weiß nicht. Ich werde langsam müde. Du auch?«

»Jetzt schon? Der Gipfel ist da oben!«

Sie blickten zu Kiefern und Zedern hinauf.

»Wo?«

»Von hier aus sieht man ihn nicht, komm weiter!«

»Und was sagt dein Freund vom Zeltplatz dazu?«

»Heute Morgen? Nichts Besonderes, ich habe ihm gesagt, ich sei mit Freundinnen unterwegs. Sag mal, bist du sicher, dass das hier ein Wanderweg ist?«

»Non.«

»Toll. Schau mal, da hinten, die Felsen, das sieht aus wie eine Höhle! Gehen wir hin?«

Sie hielt ihn am schwarzen Hemd fest, er wandte sich um und küsste sie.

»Bleiben wir hier?«

»Nein, ich dachte nur, da bei den Steinen ist es nicht so heiß … Willst du etwa nicht den Gipfel sehen?«

»Ich weiß nicht.« Er sah enttäuscht aus und stapfte voran.

Sie gingen den Schotterweg zwischen zwei hohen hellen Felswänden entlang. Die Sonne malte einen geraden Lichtstreifen auf die Erde, der bald darauf im Schatten verschwand. Aus dem Kalkstein neben ihnen wuchsen Gräser. Qualm von Hugos Zigarette stieg an den Felsen hinauf zum blauen Himmelsausschnitt.

»Hoffentlich bleiben wir hier nicht stecken.«

Hugo hustete, weil er lachen wollte.

»Komm mal her, Mascha!«

Mascha stapfte über die Steine in Hugos Richtung. Er kniete auf dem Boden und deutete in eine Aushöhlung im Felsen.

»Ein Höhleneingang?«

»Ja, gehen wir rein?«

Sie schlichen geduckt unter der kühlen Felsendecke entlang, bis der Weg breiter wurde.

»Das riecht nicht gut hier!«

»Nein, was ist das? Faule Eier?«

»Oh, une belle maison. Ein schönes Haus.« Er räusperte sich, bevor er lachen konnte. Sie hockten tatsächlich in einer kleinen Höhle. Auf dem Geröll lag eine ranzige Schaumstoffmatte, dahinter akkurat gefaltete Pullover und Hosen, ein schwarzes Notizheft, eine Karte mit roten Herzchen, drei Taschenrechner, eine CD und eine Plastiktüte in der Höhlenecke.

»Was ist das denn?«

»Une belle maison!« Hugo kroch über die Schaumstoffmatte und nahm die Karte mit den roten Herzchen hoch. Er klappte sie auf, ein Foto fiel heraus und die Melodie von »Happy Birthday« erklang aus der Karte.

»Was steht da drin?«

»Tausend zärtliche Gedanken an dich, um dieses Ereignis des Glücks zu preisen. In Liebe, deine Françoise«

Die Melodie begann zu nerven.

»Und auf der Rückseite?« Hugo schloss endlich die Karte und wandte sie um.

»Cheri, eine kleine Nachricht für dich an deinem 48. Geburtstag. Oh, der ist im selben Alter wie ich!«

»Ja, lies weiter! Moment, du bist achtundvierzig?«

»Oui, warum?«

»Nichts, lies weiter!«

»Mit all meinen lieben Gefühlen für dich wünsche ich dir Glück, Gesundheit und Liebe für den heutigen Tag und für immer. Das sind Gedanken, die meinem Herzen entsprungen sind. Das größte Glück trägst du in dir selbst, du brauchst nur dein Herz zu öffnen, und schon wirst du es immer wieder aufs Neue finden. Meine Gedanken sind immer bei dir. Ich küsse dich zärtlich. Herzlichen Glückwunsch zum Geburtstag und viel Glück für dein Herz, damit … Entschuldige Mascha, das kann ich nicht mehr entziffern!«

»Macht nichts. Was hältst du davon?«

»Sie redet zu viel.«

Mascha lachte.

»Sie ist verliebt, das liest man doch aus jedem Wort heraus. Eine Frau wünscht einem Mann nicht so oft Glück, wenn sie nicht verliebt ist.«

»Glaubst du?«

»Ja, ich bin sicher. Puh, das stinkt hier immer noch nach faulen Eiern. Gib mir mal das Foto!«

Hugo sah das Bild an, blies den Staub fort und zog überrascht die Mundwinkel nach unten.

»Er ist nicht gerade sehr hübsch.« Er warf es vor Mascha auf die Schaumstoffmatte.

»Wer ist denn das? Von 2001 ist das Foto, mm…«

Das Bild zeigte einen gebräunten Mann mit grauem Haar und Schnurrbart. Die Haut um seinen Bart war so glatt rasiert wie sein Hemd gebügelt. Er sah aus ernsten blauen Augen durch eine Hornbrille in die Kamera. Sein Kopf schien beinahe eckig.

Auf dem Foto war es Abend in einem Straßencafé. Wahrscheinlich ein Urlaubsbild, in Deutschland saß man nachts nicht im T-Shirt draußen und trank noch seltener dabei Kaffee.

Die Metallstühle und Tische auf dem Foto hinter ihm waren alle besetzt. Alte Ehepaare tranken aus Bierkrügen, andere aus Kaffeekännchen, ein Kellner servierte einer Dame mit Dauerwelle ein Glas Schnaps. Bei einem anderen Gast schimmerte das weiße Unterhemd deutlich unter dem Hemd hervor. Wahrscheinlich waren das Mallorca-Touristen, dachte Mascha. Der schnurrbärtige Mann am Tisch im Vordergrund hielt sich mit den Händen fest, die zwischen seinen Jeansbeinen lagen. An seinem Handgelenk glänzte eine silberne Uhr.

»Meinst du, er ist böse, Hugo?«

»Non, er ist freundlich.«

»Ich weiß nicht, er lächelt überhaupt nicht. Er sieht aus, als hätte er große Sorgen.«

»Hast du keine Sorgen?«

»Doch, aber ich kann auf meinen Fotos noch lächeln.«

»Das ist immer die Hauptsache.«

Mascha bemerkte, dass die Hände des Fremden an Pranken erinnerten, sie waren so groß wie sein Kopf und durchzogen von dicken Adern. Mascha erschrak.

»Was ist los?«

»Ach nichts, ich dachte eben, der Mann hinter ihm mit dem Unterhemd hat keinen Kopf, aber es ist nur zu dunkel und er hat schwarze Haare.«

Hugo grinste und blätterte das Notizheft durch.

»Schau mal, er hat einen Hund!«

»Der schwarze?«

»Ja.« Auf dem Foto war ein schwarzer Hund an einem Stuhlbein festgebunden. Er schmiegte sich an das Bein seines Herrchens und döste.

»Ich glaube, das ist ein Labrador. Wie süß, er schläft! Hugo, meinst du, der Typ wohnt hier immer noch? Vielleicht wird er sauer, wenn er sieht, dass wir hier in seinen Sachen wühlen.« Maschas Herz klopfte schneller.

»Non, ich denke nicht.« Hugo studierte das Notizheft.

»Aber guck doch, die Pullover! Die hätte er doch mitgenommen! Andererseits sind sie voller Staub.«

Hugo lachte diesmal, ohne den Mund zu öffnen, das war leichter.

»Was ist?«

»Schau mal!«

Er kroch zu ihr auf die Schaumstoffmatte und zeigte ihr eine Seite im Notizheft.

»1000 + 1000 = 2000.«

»Besonders schlau scheint er ja nicht zu sein … und das rechnet er, obwohl hier drei Taschenrechner liegen, meine Güte! Steht da kein Name, Hugo?«

»Sein Name ist, haha! Sein Name ist Joseph!«

»Komisch. Und was bedeutet : *Sacred Spirit – Native Americans. Inka.* Und guck, auf der nächsten Seite schon wieder: *Sacred Spirit – Native Americans. Inka.* Und auf der nächsten Seite wieder, immer wieder!«

»Ich habe keine Ahnung.«

»Ich glaube, das ist eine Musikgruppe, daneben steht manchmal »Kassette« oder vielleicht war er ja selbst ein Inka.«

»Der?« Hugo hustete amüsiert und deutete auf den schnurrbärtigen Joseph.

»Schau mal, das ist ja noch komischer, er hat beim 8. Oktober einfach die acht durchgestrichen und eine sechs daneben gemalt.«

»Vielleicht war das das Jahr davor.«

»Ja, vielleicht. Vielleicht war er aber auch ein Psychopath! Die Inka kannten doch auch schon die Zahlen, die Knoten, weißt du nicht? Vielleicht war damals die sechs schon die Teufelszahl und die acht die Unendlichkeit – oder? Hugo? Die Inka haben doch auch Tiere und Menschen geopfert! Hugo! Er wollte vielleicht, dass das Unendliche aufhört und der Tod anfängt, verstehst du?«

»Non.«

»Ich habe Angst hier!«

»Ja? Ich beschütze dich.«

Mascha umarmte ihn und gab ihm einen Kuss.

»Wenn er eine Freundin in Frankreich hat, die ihn so liebt, wieso wohnt er dann in dieser Höhle hier? Er muss doch etwas angestellt haben.«

»Non, vielleicht ist er wegen diesem Mädchen geflohen.«

Hugo schmunzelte und betrachtete die CD.

»Magst du Elton John?«

»Nein, wieso?«

»Eine CD, Elton John – Duets. Don't let the sun go down on me.«

»Ja, nehmen wir das mit – Aber er hat keinen CD-Player. Schade.«

»Schau mal!« Mascha lächelte und hob etwas Dunkles vom weißen Geröllboden auf. »Wie kommt die denn hierher?«

»Eine Miesmuschel?«

»Ja.« Mascha klappte die zwei schwarzen Schalen der Miesmuschel auseinander. Sie brachen in zwei Teile und ein kleiner Zettel fiel ihr zwischen die Beine.

»Was ist das?«

»Ein Zettel.« Sie entfaltete ihn und las vor:

»Sucht meine Miesmuscheln, Tamaris – La Seyne.«

»Was?«

»Seine Miesmuscheln!« Hugo hustete erfreut und kroch auf Mascha zu. Er fuhr ihr mit der Handfläche das leicht zerkratzte Bein hinauf und blieb bei ihrem Schoß stehen. Mascha schluckte.

»Das sind Miesmuscheln!«

Mascha sah ihn verwirrt an.

»Das ist ein französischer Ausdruck. Wir nennen das Geschlecht der Frau hier auch Miesmuschel.« Sie schüttelte lächelnd den Kopf und schob seine Hand zurück.

»Du spinnst ... Aber ich glaube nicht, dass er diese Art Muscheln meint. Tamaris, das liegt doch am Meer, oder? Er meint sicher echte Miesmuscheln. Gehen wir sie abholen? Bitte, bitte! Das ist lustig, Hugo!«

»Mm, Tamaris – das ist in der Nähe von Toulon – d'accord.« Er küsste sie auf die Stirn. Mascha steckte den Zettel in ihren BH.

»Dieser Gestank hier macht mich wahnsinnig. Was ist da hinten in der Plastiktüte?«

Mascha nahm die Muschelschalen hoch und hielt sie sich vor die Augen.

»Schau, ich bin ein Monster!« Hugo hatte ihr den Rücken zugewandt.

»Bah!« Hugo wich angeekelt zurück.

»Was ist?«

»Sein Hund!«

»Was?«

»In dem Sack!«

»Sein Hund ist in der Tüte?« Bildeten sie sich das sein oder klackerten draußen ein paar Steine?

»Oui, sein Kopf! Komm, komm, Mascha!«

Sie krochen schnell aus der Höhle und rannten die Felswände entlang. Hugo blieb mit seinem Hemd an einem Ast hängen und riss es auf, aber die Angst ließ ihn das nicht bemerken. Er reichte Mascha die Hand und zog sie hinter sich her. Der Lichtstreifen zwischen den Felswänden war verschwunden. Das Restlicht wirkte grau und kalt.

Endlich fanden sie aus dem engen Felsengang heraus und standen auf der alten Anhöhe. Sie sahen auf Felder und Bergschutt. Die Vögel waren noch wach.

»Und das nennst du beschützen?« Sie fiel ihm in die Arme.

»Hattest du Angst?«

»Natürlich! Du bist davongerannt, als hättest du den Sensenmann persönlich gesehen.«

»So war es ja auch beinahe! Er hatte den schwarzen Kopf seines Hundes in einer Plastiktüte! Sowas ist nicht schön anzusehen!«

»Igitt. Ich habe dir gleich gesagt. Er ist ein Wahnsinniger. Vielleicht hat er diese arme verliebte Frau auch umgebracht. Bist du sicher, dass es ein Hund war?«

»Oui. Steigen wir wieder bergab?«

»Da oben hätten wir die Wolken berühren können.«

»Vielleicht folgen sie uns ja nach unten.«

Mascha warf noch einen Blick auf den Wald und die Kalkfelsen, sah sich furchtsam um und begann mit dem Abstieg.

»Mascha?«

»Ja?«

»Wer ist das, Petrarca?«

»Ich würde jetzt gerne rauchen.«

Hugo zuckte die Achseln und hielt ihr die halbvolle Schachtel vor die Nase.

»Petrarca, il fume?«

»Nein.«

Hugo parkte vor dem Mimosas-Schild. Die Laternen waren schon lange angesprungen.

»Fahren wir morgen zu diesen Miesmuscheln?«

»Warum ? Der Typ ist doch irre!«

»Er muss einen Grund gehabt haben, sich dort zu verkriechen. Ich möchte wissen, wieso er diesen Zettel dort versteckt hat. Was bedeutet das? ›Suchen Sie meine Miesmuscheln.‹ Was soll das heißen, Hugo?«

»Mascha, der ist irre! Der hat seinem Hund den Kopf abgeschnitten!«

»Ja, vielleicht ist der Hund auch auf natürliche Art und Weise gestorben und dann konnte er sich nicht von ihm trennen. Es gibt Leute, die lassen sich ausstopfen. Das ist doch verständlich.«

»Du bist auch irre.«

»Vielleicht. Vielleicht hast du recht und es hat nichts mit diesem Zettel auf sich, aber ich glaube nicht …«

»Warum?«

»Weil, weißt du, ich habe dir noch nicht alles erzählt. Diese Postkarte, die ich neulich am Strand hatte. Die Karte mit dem Mont Ventoux vorne drauf – Ich weiß nicht, woher sie stammt. Sie lag eines Morgens mit einer Krücke vor meinem Bett.«

»Mit einer Krücke?«

»Ja. Ich dachte, das ist verrückt, das hat nichts zu bedeuten, aber es hatte etwas zu bedeuten! Danach hat mich nämlich jemand zu Hause angerufen und genau denselben Satz gesagt, der auch auf der Karte steht: Dass mein Zug nach Paris um fünf nach acht geht.«

»Was?«

»Mein Zug! Ich bin zum Bahnhof gefahren und dort war eine Bahnkarte für mich hinterlegt! Deshalb bin ich hier! Deshalb sind wir heute auf den Mont Ventoux geklettert – ich wollte wissen, wieso er auf der Karte war … Ich weiß nicht, wieso ich das so ernst nehme, aber vielleicht haben wir genau deshalb diese Höhle und diese Muschel gefunden! Verstehst du jetzt, wieso ich nicht glaube, dass es Blödsinn ist?«

»Eine Karte und eine Krücke?«

»Ja, jetzt grins mich nicht schon wieder so an.«

»Wir werden deine Muscheln morgen suchen gehen.« Er küsste ihren Hals entlang. Mascha schloss die Augen und spürte das Blut in den Adern pulsieren. Die beiden fuhren wieder zurück zum Zeltplatz.

Auf der Fahrt kühlte Mascha ihre Gedanken ab und verabschiedete sich schließlich. Sie stieg aus dem Wagen.

Jakob warf einen Müllbeutel in den Gemeinschaftsabfall vor dem Eingang. Sie sahen sich entgeistert an.

»Ihr Vater.«

»Wessen Vater?« Jakob runzelte die Stirn.

»Brigittes Vater.«

»Ach so.«

»Ich gehe dann mal duschen.«

»Gut.«

ENTSCHULDIGUNG, WIR SIND TOURISTEN

Das Schiff zur Seyne war ein schwimmender Bus. Es wartete im Hafen von Toulon auf seine Fahrgäste. Neben ihm eine kleine Yacht namens Petrarca.

Die Masten der Boote ragten in den blauen Himmel wie Spieße. Mascha lehnte sich über ein Geländer am Ufer. Im trüben Hafenwasser wand sich ein Tau, an dem sich großgewachsene Miesmuscheln festgesetzt hatten mit goldenen Pflanzenfäden auf den Schalen. Durch diese schimmernde Umspannung erschienen sie beinahe wertvoll.

Ein kleines Mädchen im rosa Kleid stand neben seinem leeren Kinderwagen und heulte. Hugo warf seinen Zigarettenstummel auf die Promenade. Ein Motorradfahrer in Uniform stoppte neben ihm, zog einen Staubsaugerschlauch hervor, saugte die Kippe auf und fuhr weiter.

Hugo und Mascha begaben sich auf das Schiff.

Die beiden hatten draußen auf der letzten Bankreihe Platz genommen, neben ihnen saß ein gebräunter Mann mit Jamaikahut auf dem Kopf und einem guten Dutzend alter Plüschtiere auf dem Schoß.

»Was hast du heute deinem Freund erzählt, Madame Miesmuschel?«

»Ich habe ihm erzählt, Brigittes Vater fährt uns die Küste entlang. Das ist schon fast die Wahrheit, oder?«

»Brigitte?«

»Du bist Brigittes Vater.«

»Comment?«

»Ist ja auch egal.«

Der Motor des Schiffes wachte auf und brummte. Die Plastikbänke vibrierten. Sie tuckerten geradeaus und stießen den Hafen mit schaumigen Wellen von sich ab. Die Yachten nickten gemütlich auf und ab und wurden kleiner. Das Bergpanorama türmte sich hinter ihnen auf und der Fahrtwind strich ihnen die Haare aus dem Gesicht. Hugo versuchte vergeblich, eine Zigarette anzuzünden. Mascha hielt ihre Hände schützend vor das Feuerzeug. Hugo zog an seiner Zigarette und blies den Rauch dann über die Reling, den Rest rauchte der Wind.

»Da sind sie!« Mascha tippte Hugo hastig auf die Schulter und deutete auf das Meer, aus dem sich spröde Holzstäbe erhoben, zwischen denen Leinen und Netze gespannt waren. Neben den Stäben verliefen schmale Holzstege zu einem gebrechlichen, vom Wetter angefressenen Häuschen. Die Fenster waren zu staubig, um hineinsehen zu können.

»Meinst du, dort finden wir seine Muscheln?«

»Ich glaube nicht, dass wir hier seine Miesmuscheln finden. Der ist irre, Mascha!«

»Wir werden ja sehen.« Mascha lehnte sich beleidigt zur Seite und starrte auf die nächste Gruppe von Holzstäben und Geräteschuppen, an denen sie vorbei tuckerten. Die kleinen Quadrate mit ihren Hütten wirkten so marode und schlaftrunken, als seien es Friedhöfe mitten im Meer.

Das Schiff erreichte das Ufer. Die Boote in diesem Miniaturhafen schienen geschrumpft. Eine kleine Barke ganz in der Nähe ging gerade unter, aber das interessierte niemanden. Hugo und Mascha spazierten über den Steg auf einen breiten Sandweg zu und sahen sich um. Der Jamaikaner mit den Plüschtieren ging in Richtung Strand.

»Nun, wo sind deine Muscheln?«

»Das sind nicht meine Muscheln, das sind – wie hieß er noch?

Joseph! Das sind Josephs Muscheln. Ich habe keine Ahnung! Siehst du irgendjemanden bei den Holzstäben?«

»Niemanden. Heute ist Samstag. Am Samstag arbeitet niemand.«

»Vielleicht finden wir jemanden da hinten. Gehen wir einfach am Ufer lang.«

Sie wanderten, der Linie des Ufers folgend, an den alten Fischerbooten und Stegen vorbei. Die Boote waren leer, die Straßen geräumt, die Muschelpfähle ragten wie mahnend aus dem Meer. Neben ein paar Felsen ging ein kleiner Holzsteg unter.

»Repariert das hier niemand?«

»Sie haben keine Zeit, etwas zu reparieren, sie essen die Muscheln.« Hugo seufzte und kramte nach seinen Zigaretten. Die Schachtel war leer wie das Dorf.

»Mist.«

»Was?«

»Ich habe keine Zigaretten mehr. Wir müssen wieder los, chérie!«

»Du spinnst wohl. Wir sind gerade erst angekommen und haben die Muscheln noch nicht gefunden. Da, frag doch den Mann, dort hinten.«

Der Mann, der ihnen entgegen kam, war klein, mager und mandelbraun. Durch seinen Haarausfall wirkten seine Stirn und sein Gesicht etwas lang gezogen. Er trug eine Angel und einen Eimer bei sich.

»Guten Tag!«

»Guten Tag.«

»Entschuldigen Sie, ist das hier die Miesmuschelfarm?«

»Ja, all diese Stäbe!«, erklärte er und deutete mit einer ausladenden Geste auf die Bucht. Seine schwarzen Schlitzaugen blitzten vor Stolz.

»Aha. Mein Freund und ich – wir würden uns das gerne anschauen.«

»Rauchst du?«

»Wie bitte?«

»Nicht jetzt, Hugo! Kann man das besichtigen?«

»Das ist unmöglich.«

»Unmöglich, Mascha. Gehen wir?«

»Jetzt warte doch mal! Aber – kennen Sie denn niemanden, der auf diesen Farmen arbeitet?«

»Nein, dazu müsst ihr zu den Häusern dort hinten neben der Anlegestelle gehen. Dort ist ein kleines Lokal, wo sie die Muscheln zur Verkostung anbieten. Da könnt ihr fragen, aber ich weiß nicht, ob jetzt jemand dort ist.« Er lächelte.

Mascha schöpfte Hoffnung und bemerkte, dass der Fischer keinen einzigen Zahn mehr im Mund hatte.

»Rauchst du?«

»Wie bitte? Ach so, ja, ich rauche.«

»Hast du eine Zigarette für mich?«

Die beiden steckten sich die weißen Stängel an.

»Was hast du – ich darf dich duzen?«

»Natürlich.«

»Was hast du da gefangen?«

»Drei Meeräschen sind das.«

Die drei Fische lagen auf dem Boden des weißen Plastikeimers und schimmerten silberblau in der Sonne. Im Dunkel ihrer runden Augen stand das Meer still.

»Délicieux.« Hugo hustete.

»Mit was hast du die gefangen?«

»Mit was? So wie die anderen auch, mit Muscheln.«

»Oh!«

»Deine Freundin mag Muscheln, was?«

»Ja. Sie raucht auch.«

Der Fischer bot Mascha ebenfalls eine Zigarette an. Sie drehten um und gingen zurück zur Anlegestelle.

»Soll ich euch begleiten? Ich habe heute nichts zu tun.«

»Gerne, das wäre sehr nett.«

»Oui, oui.«

»Wieso repariert das hier niemand?« Mascha deutete auf den versinkenden Holzsteg.

»Das? Weiß ich nicht, den benutzt niemand.«

»Aber daneben ist doch ein Boot!?«

»Das benutzt niemand.«

»Ach so. Und – wieso ist hier niemand auf den Straßen?«

»Es ist Samstag.«

»Mm.«

Sie bliesen Rauch aus, der sich in Richtung der Miesmuschelfarmen bewegte und schlenderten weiter.

»Arbeitest du hier als Fischer?«

»Ich fische, aber eigentlich bin ich arbeitslos. Wenn ihr wollt, können wir die Fische bei mir zu Hause essen!«

»D'accord. J'ai faim!«

»Schauen wir erst einmal, wie es da bei den Muschelfarmern aussieht.« Mascha warf Hugo einen ernsten Blick zu.

»Kommst du von hier?«

»Ich bin in Guadeloupe geboren.«

»Oh, da möchte ich auch gerne einmal hin!«

»Warum nicht? Meine Mutter freut sich über Besuch.«

Mascha nickte.

»Sie ist eine Bestie.«

»Oh.«

Hugo räusperte sich um zu lachen.

Sie kamen an einer verlassenen Baustelle vorbei und betraten einen kleinen Hof, auf dem ein rostiges Metallboot und vier niedrige Häuser standen.

»Guck!« Mascha tippte Hugo auf die Schulter und deutete auf einen Müllcontainer. Vor ihm türmten sich leere Benzinkanister und ein Haufen leerer Miesmuschelschalen. Hugo schüttelte den Kopf.

»Wie heißt du eigentlich?«

»Jean-Pierre.«

Jean-Pierre stellte seinen Fischeimer ab und rüttelte an einem rostbraunen Zaun, hinter dem das Verkostungshaus lag.

»Ich glaube, die Jalousie hat sich bewegt!«

Die Holztür ging knarrend auf und eine stämmige alte Dame mit blau geblümter Schürze humpelte ihnen entgegen. Ihre nackten Arme hingen herunter wie Teig, aber ihr graues Haar hielt vor lauter Haarspray wohl jedem Sturm stand. Sie blinzelte misstrauisch zu den Besuchern herüber und trat dicht vor den Zaun. Die Gruppe schwieg und Mascha fühlte sich einen Moment lang wie bei einem Zoobesuch.

»Wir haben geschlossen. Heute ist Samstag.«

»Hallo erst einmal! Ich habe hier zwei Urlauber getroffen, die sich für Ihre Miesmuscheln interessieren, Frau …?«

»Mimi. Ich heiße Mimi.« Mascha bemerkte die kleinen Glitzerpunkte neben ihren Lachfältchen. Eine Windbrise trug Rumgeruch über den Zaun. Mascha nickte der Dame freundlich zu.

»Touristen?« Aus dem Mund der Dame klang dieses Wort wie ›Quälgeister?‹

»Ja, Entschuldigung, wir sind Touristen. Nicht wirklich, Hugo, mein Freund, wohnt drei Stunden entfernt von hier. Ich bin Touristin.«

»Mm.«

»Können wir uns Ihr Lokal ansehen?«

»Um sechs Uhr abends.«

»Um sechs Uhr? Mascha, ich warte hier nicht drei Stunden!«

»Jetzt warte doch mal – und jetzt ist es nicht möglich? Wir suchen nämlich etwas.«

»Unmöglich.«

»Impossible, Mascha.«

»Was sucht ihr?«

»Miesmuscheln.«

Die Dame lachte wie ein alter Ventilator. Ihr Lächeln erschien jedes Mal vorausgeplant. Ein denkendes Lächeln.

»Kommt um sechs wieder.«

»Gut, vielen Dank.«

»Salut!«

Mimi humpelte wieder in ihr Lokal zurück und verriegelte die Tür.

»Wollen wir meine Fische braten?«

»Ja, das wäre toll! Wir haben ja Zeit.«

»Wie, wie – Puh, Hugo ist müde ...«

Mascha küsste ihn und nahm ihn bei der Hand. Sie folgten dem Fischer zu einem gelben Wohnblock in der Nähe.

»Das sind eigentlich Ferienapartments. Ich vermiete meine Wohnung manchmal und verdiene so nicht schlecht. Wollt ihr Reis zum Fisch? Oder Reis mit roten Bohnen?« Sie gingen in einer Reihe die hellen Stufen hinauf in den dritten Stock.

»Mit Bohnen, bitte! Das ist sehr freundlich von dir, dass du uns einlädst.«

»Ach, das ist nicht der Rede wert. Ich hab doch sonst nichts zu tun.«

»Aber ich, ich habe viele Sachen zu erledigen! Aber mich fragt ja niemand!«

»Claude hat doch gesagt er übernimmt deine Arbeit. Jetzt sei ein bisschen freundlicher, Hugo!«

»Wie, wie …«

Jean-Pierre schloss die Wohnungstür auf. Im Flur stand ein Hochbett, auf dem Fernsehzeitungen und zerknitterte Wäsche lagen.

»Ich muss endlich mal anfangen zu bügeln.«

Jean-Pierre stellte den Fischeimer in das Waschbecken der kleinen Küchenecke und betrat das Wohnzimmer. Neben einer hölzernen Sitzecke standen eine rote Couch, ein Bügelbrett und ein winziger Fernseher auf einem hohen Regal. Jean-Pierre schaltete ihn ein und ging singend ins Badezimmer.

»Trallala … Setzt euch doch! Fühlt euch wie zu Hause!«

Mascha nahm weitere Fernsehzeitungen von den Stühlen und setzte sich an den Tisch. Hugo hob eine Schachtel Zigaretten vom Boden auf und bediente sich. »Fühlt euch wie zu Hause, hat er gesagt!«

Mascha strich nachdenklich über die mit Rosen bedruckte Plastiktischdecke und sah sich den Wetterbericht im Fernsehen an.

Jean-Pierre goss kalten Kaffee in drei rosa Obstschalen und stellte sie in die Mikrowelle.

»Ich möchte gerne einmal nach Alaska reisen und die Eisbären sehen. Wenn ich genug Geld habe. Ward ihr schon mal in Alaska?«

»Nein.«

»Non.«

»Können wir dir helfen mit dem Fisch?«

»Nein, nein … Ich koche gerne! Wisst ihr, das Leben ist einfach so praktisch ohne Frau! Ich kann nach Hause kommen, wann ich will, essen, wann ich will, niemand meckert, ich muss nicht bügeln, ich kann fernsehen … Ich liebe den Fernseher und mein Fernseher liebt mich. Seht ihr gerne fern?«

»Oui, ich mag das Fernsehen, das Lesen, das Fahrrad Fahren, Kuchen Backen ...«

»Ist ja gut, Hugo!«

»Schön! Sehr schön! Und was wollt ihr hier mit den Miesmuscheln?«

Jean-Pierre schüttete einen Zwei-Kilo-Sack Reis in den Kochtopf und öffnete eine Dose Bohnen, eine Dose Tomaten und eine Dose Kräuter.

»Ach, wir – wir dachten, frisch schmecken sie am besten.«

»Wir sind Touristen.«

»Ach so, Touristen! Ja, ja ...«

»Jean-Pierre, meinst du, wir essen den ganzen Reis?«

»Wenn was übrig bleibt, esse ich das im Laufe der Woche. Ich hab ja nicht viel zu tun.«

»Ach so, ja, stimmt ja.«

Die Mikrowelle piepte hysterisch.

»Der Kaffee ist fertig!« Jean-Pierre servierte die drei Obstschalen und ließ sich den beiden gegenüber auf der Sitzbank nieder.

»Wollt ihr Zucker?« Er stellte ein mit Zucker gefülltes Spargelglas auf den Tisch.

Sie schlürften aus ihren Obstschalen und fixierten den kleinen Fernseher. Eine Casting-Show für jugendliche Sänger begann. Der Finalist warf der Kamera einen Handkuss zu.

»Er ist sympathisch, nicht?«

»Mm.«

Der gebratene Fisch schwamm in den Dosentomaten, daneben stand eine gewaltige Schüssel Reis.

»So, noch ein paar Kräuter ... Mm!« Jean-Pierre streute große Mengen getrockneter Kräuter auf seine Fische.

»Komisch, dass du heute gerade drei gefangen hast, was?«

»Das ist das Schicksal, das Schicksal, haha! Einmal gab es einen Film im Fernsehen über Menschen, die das Schicksal getroffen hat.« Jean-Pierre schnitt dem Fisch den Kopf ab.

Mascha fragte sich, ob es nicht schwierig sei, ohne Gebiss zu kauen, aber ihr Gastgeber schien keine Probleme damit zu haben.

»Wollt ihr hier übernachten?«

»Eigentlich wollten wir nur die Miesmuschelfarm besichtigen.«

»Ich habe hier im Flur ein Hochbett! Das wäre kein Problem! Noch etwas Reis? Oh, ich habe den Wein vergessen!«

Er holte ein Tetra-Pak Weißwein aus dem Kühlschrank und goss ein.

»Ihr könnt wirklich hier übernachten, das macht mir nichts aus! Ich habe nur keine Zahnbürsten, aber das macht ja nichts.«

»Danke für das Angebot … Wieso möchtest du gerade nach Alaska?«

»Weil es da kalt ist. So kalt ist es hier nie.«

»Das stimmt.« Hugo zog eine Gräte aus dem Mund.

Schweigen. Die drei fixierten den kleinen Fernseher. Die Finalistin sang »My heart will go on« und weinte vor Rührung, als ihr ein Mädchen aus dem Zuschauerraum einen Teddybär schenkte.

»Sie ist süß, nicht?«

»Mm.«

Zum Nachtisch wusch Jean-Pierre die Obstschalen ab und füllte sie mit Quark.

»Das war wirklich köstlich. Danke.«

»Délicieux.«

»Ach, das macht gar nichts. Ich habe ja nichts zu tun. Ich schaue noch ein bisschen fern, wenn ihr weg seid. Es ist halb sechs, wollt ihr langsam mal losgehen?«

Sie verabschiedeten sich und warfen noch einen letzten Blick in den Fernseher. Die Finalisten umarmten sich und wünschten einander Glück. Die Telefonleitungen waren jetzt zur Abstimmung freigeschaltet worden.

»Der Typ ist nett, nicht?« Hugo drehte sich auf dem Treppenabsatz um und zeigte Mascha die Packung Zigaretten.

»Hat er dir die angeboten?«

»Ich hab sie genommen.«

»Du kannst sie doch nicht einfach klauen! Na ja, ist ja auch egal.«

Sie schlenderten zurück zur Anlegestelle, an der verlassenen Baustelle vorbei und warteten vor dem verrosteten Zaun. Wieder bewegte sich die Jalousie. Die Holztür sprang auf und Mimi kam rauchend aus der Tür. Sie schloss die Einfahrt auf und zog den rostigen Zaun zur Seite.

»Kommt mit.« Sie schnippte die Zigarette fort und humpelte in ihr kleines Haus zurück. Mascha und Hugo folgten ihr. Es roch nach Salz und brackigen Pfützen. In zwei Reihen standen lange Wasserbecken, in denen Miesmuscheln und Austern badeten. Mimi betätigte einen Schalter, in den Becken begann es zu sprudeln.

»Damit sie atmen können!«, erklärte sie, nahm ein Messer von einer Holzplatte, schnitt Austern auf und legte sie dekorativ auf einen Teller mit Algen.

»Wollt ihr eine Muschel kosten? Der Sack kostet 250 Euro.«

»Ja, sehr gerne.«

Mimi humpelte zu einem Metalltischchen am Eingang, auf dem eine Plastikkiste Miesmuscheln stand. Sie öffnete zwei Tiere mit ihrem Messer und bot sie Hugo und Mascha an.

»Cru?«

»Ja, natürlich roh, was denkst du denn? Touristen …«

Mascha zog das gelbliche Fleisch von der silbernen Schaleninnenseite ab und kaute neugierig darauf los.

»Nicht übel.«

»Also, wollt ihr einen Sack kaufen? Ich habe noch viel zu tun. Hier nebenan ist das Restaurant, falls ihr noch mehr essen wollt.«

Das Restaurant war ein Raum mit drei Tischen und neun Korbstühlen daran. An der Tür hing ein Fischernetz. Hugo ging um die Becken herum und tippte die Muscheln mit den Fingern an, sodass sie sich schlossen. Er hustete fröhlich.

»Also, eigentlich suchen wir ganz bestimmte Miesmuscheln.«

»Ich habe nur diese hier. Diese und Austern. Die Austern sind teurer. Wollt ihr auch 'ne Auster?«

»Nein, danke … Kennen sie einen Joseph?«

Mimi rümpfte ihre Nase wie ein Kaninchen, das Löwenzahnblätter schnuppert.

»Joseph? Was für ein Joseph?«

Mascha nahm das Foto aus ihrer Tasche und zeigte es ihr. Sie wischte sich die nassen wulstigen Hände an der Schürze ab und betrachtete es sorgfältig wie ein Detektiv.

»Woher habt ihr das?« Mascha sah Hugo fragend an, aber der spielte mit den Muscheln.

»Wir haben das … Er hat es uns gegeben. Er hat gesagt, wir sollen seine Miesmuscheln hier abholen.«

»Seine Miesmuscheln? Und was springt für mich dabei raus?«

»Wie meinen Sie das?«

»Was bekomme ich dafür?«

»Oh, wir wussten nicht, dass Sie etwas mit Joseph abgemacht haben.«

»Wir haben nichts abgemacht. Er ist mein Neffe. Er sollte eigentlich längst hier sein und mir bei der Arbeit helfen, aber er kam nur ein einziges Mal vor ein paar Wochen zu Besuch, hat mir die Miesmuscheln zum Einfrieren gegeben und ist wieder abgehauen, dieser Taugenichts!«

»Dann meinte er also diese Miesmuscheln?«

»Ja.«

»Und sie haben sie verkauft?«

»Nein.«

»Und wo sind sie jetzt?«

»Im Gefrierfach.«

»Könnten wir sie denn haben?«

»Er hat euch also hierher geschickt! Zwei Touristen! Nur um sich vor der Arbeit zu drücken! Eine Unverschämtheit ist das! Seine arme Tante lässt er hier die Säcke schleppen und die Austern öffnen! Das ist nämlich schwerer als es aussieht, Mädchen! Öffne mal am Tag hundert von diesen harten Dingern! Dabei kriegst du ne Meise!«

Mascha nickte. Sie versuchte sich einzuschmeicheln und bemerkte wieder die Glitzerpunkte in Mimis Gesicht. Mascha deutete auf ihre Augen.

»Ich mag das, was Sie da haben!«

»Das? Haha, das ist der Geschmack des Lebens. Das bekommst du auch, wenn du das Glück hast zu altern, hehe.«

»Ich, aber … ich meinte nicht die Falten, sondern …«

»Doch, doch, das Alter bringt die Falten!« Sie knackte eine Auster. Mascha sah verlegen auf den Teller.

»Haben Sie schon einmal eine Perle gefunden?«

»Ein dutzend.«

»Schön.«

»Mm.«

»Gehen wir, chérie?«

»Warte, Hugo ... Also können wir Joseph seine Muscheln mitbringen?«

»Ich gebe euch die Muscheln, weil ihr Touristen seid und sonst vielleicht nicht wiederkommt. Aber wenn ihr Joseph seht, sagt ihm, er soll seine Beine unter den Arm nehmen und hier mit anpacken, sonst kann er auf sein Erbe verzichten! Ach, wenn Onkel Paul noch leben würde ...« Mimi sah traurig in den Austerneimer, zog eine Schublade auf, in der ein kleines Glas Rum stand und trank es aus.

»Das tut gut bei der Arbeit.«

Mascha sah sie erwartungsvoll an.

»Was ist, Mädchen? Ach ja! Die Miesmuscheln. Warte ...« Sie humpelte in eine kleine Kammer und kam mit einem vereisten Leinensack zurück.

»Bitte! Pass auf, er ist kalt. Meine Güte, das müssen kleine Dinger sein, so leicht, wie die sind.«

»Danke, vielen Dank. Mimi, was haben Sie eigentlich – Sie humpeln ein bisschen, oder?«

»Ja, ja. Das war damals mit meinem Mann Paul. Ich bin zwischen zwei Felsen stecken geblieben und er hat mich mit ganzer Kraft und mit einem Ruck herausgezogen. Er war sehr stark, mein Mann.«

»Oh!«

»Mein Bein erinnert mich an ihn. Er ist immer bei mir.«

Sie sahen erstaunt auf Mimis breiten Unterschenkel, auf dem sich blaue Adern abzeichneten wie Schlangen. Mimi goss das Glas in der Schublade wieder voll.

»Ich habe eine Krücke, die ich nicht brauche. Wenn Sie wollen, kann ich sie Ihnen schicken.«

»Eine Krücke? Ja, das wäre vielleicht nicht schlecht. Ich gehe ja so selten spazieren. Mit einer Krücke könnte ich zum anderen Ufer gehen und wieder zurück.«

»Das wäre bestimmt nicht schlecht.«

»Das bringt ein bisschen Abwechslung in den Alltag. Hier ist meine Karte. Da steht noch Paul Laurent, aber du weißt ja, dass es nur noch Mimi gibt. Ich hatte keine Zeit, neue Karten zu drucken. Zu viele Muscheln. Es gibt 250 verschieden Arten, weißt du? Braune, schwarze, blaue.«

»Wie die Augenfarben.«

»Hehe ... Willst du auch einen Rum, Mädchen? Ich war auch einmal so jung wie du.«

»Oh, nein danke. Wir haben eigentlich alles, was wir brauchen, stimmt's, Hugo? Hugo?«

»Sie schließt sich! Siehst du, Mascha?«

»Ja, das ist normal. Sie hat Angst, wenn du sie anstößt.«

»Hab keine Angst, kleine Muschel! Kuckkuck! Kuckkuck! Ich bin's, Hugo!«

Mascha warf den kalten Sack über die Schulter und ging zur Tür.

»Danke, Mimi! Ich schicke dir die Krücke!«

»Ja, auf bald! Schickt die anderen Touristen hierher! Die essen gerne Muscheln!«

»Gut, wir schicken sie!«

Als Mascha und Hugo am Schiff angekommen waren, sank die Sonne granatapfelrot ins Hafenbecken.

»Der Sack wird immer leichter, Hugo und immer nasser.«

Hugo räusperte sich grinsend und deutete nach hinten. Mascha wandte sich um. Hinter ihr war eine schwarze, geschlängelte Linie aus geschlossenen Miesmuscheln zu sehen. Der Sack hatte ein Loch.

»Oh, nein! Komm, wir sammeln sie wieder ein.«

»Die sind gar nicht schwer, chérie!«

»Nein, komisch. Hoffentlich sind sie nicht schlecht.«

»Willst du die etwa essen?«

»Ich weiß nicht. Wir schauen sie uns morgen an, ja?«

»D'accord.«

Mascha kramte in ihrer Handtasche und holte ein Pflaster heraus.

»Hast du dir wehgetan?«

»Nein. Das ist für den Sack.«

Nachdem die verlorenen Muscheln eingesammelt und der Sack verarztet waren, bestiegen sie das Schiff. Der Motor brummte auf und wieder glitten sie an den leeren Muschelpfählen vorbei. Mascha winkte den staubigen Hütten.

»Wenn das hier alles im Meer versinkt, würde es wahrscheinlich nicht einmal jemand bemerken.«

»Samstags nicht, nein.«

»Ich dachte eigentlich, dass wir den Urlaub gemeinsam verbringen.«

Mascha biss in den Schokoladencroissant.

»Was machst du denn den ganzen Tag mit diesen Mädchen und ihrem Vater?«

»Nichts Besonderes … Heute Abend bleibe ich bei dir, ja? Ich verabschiede mich nur schnell von ihnen, okay?«

»Gehst du zum Strand?«

»Ja, und du?«

Jakob sah betrübt auf seine Bibel.

»Ich werde lesen.«

»Gut. Gute Idee.«

Mascha hatte lange geschlafen und es war bereits Mittagszeit, als sie über den staubigen Parkplatz zu Hugos Wohnwagen spazierte. Die Hitze prickelte auf der Haut und die Wolken waren weit weg. Sie klopfte. Hugo riss die Tür auf und zog sie herein.

»Wollen wir die Miesmuscheln essen? Wo sind sie?«

Hugo holte den Sack aus seinem kleinen Kühlschrank und warf ihn auf den runden Holztisch neben dem Bett. Er nahm einen großen Topf aus dem Regal und stellte ihn daneben. Sie setzten sich auf den Bettrand.

»Jetzt schauen wir mal, ob sie noch genießbar sind, d'accord?«

»Ja, aber ich denke schon. Sie sind ja geschlossen.« Mascha nahm eine kalte, feuchte Muschel heraus und wunderte sich über ihr geringes Gewicht. Sie versuchte, sie mit den Fingernägeln zu öffnen.

»Tiens, nimm das Messer.«

Hugo überreichte ihr ein scharfes Messer. Mascha piekte mit der Spitze zwischen die Schalen.

»Hugo, es geht nicht. Sie sind zu fest geschlossen.«

Hugo nahm eine andere Muschel aus dem Sack und versuchte es ebenfalls mit dem Messer.

»Die sind nicht mehr gut, chérie. Lass sie uns wegschmeißen.«

»Hast du so was wie einen Hammer?«

»Oui.« Er kramte in einer Schublade und fand tatsächlich einen Hammer. Dann suchte er seine Zigaretten unter dem Bett, während Mascha die Muschel auf dem Tisch festhielt und den Hammer in der Luft positionierte.

»Eins. Zwei. Drei!« Mascha schlug auf die Muschel und die Schale platzte. Splitter flogen durch die Luft. Unter den schwarzweißen Bruchstücken kräuselte sich ein 500 Euro Schein. Mascha sah stutzend abwechselnd auf die Muschel und den Hammer.

»Hugo …«

»Ich suche die Zigaretten.«

»Hugo …«

»Oui?«

»Die Muschel ist nicht leer.«

»Oui, das ist normal.«

»Nein, das ist gar nicht normal. Guck doch. Geld! Geld! Hugo, da ist Geld drin!«

»Quoi?« Hugo richtete sich blitzschnell auf und starrte ebenfalls auf den Tisch. Er nahm den Schein hoch, schüttelte die Splitter ab und hielt ihn gegen das Fenster. Er grinste zu ihr herüber.

»Ich mag diesen Joseph.«

»Er hat sie verklebt, deshalb gehen sie nicht auf!«

»Er ist irre, aber er ist reich, chérie! Er ist reich! Haha! Öffne die anderen!«

Mascha fischte eine weitere Muschel aus dem Sack, positionierte sie in der Mitte des Tisches und schlug sie auf. Ein weiterer 500 Euro Schein tauchte zwischen den Splittern auf.

»Juhu!« Hugo holte einen gläsernen Briefbeschwerer in Form einer Eule und setzte sich zu ihr.

»Un, deux, trois!«

»Juhu!«

Hugo gab ihr einen Kuss auf die Stirn.

»Super, chérie!«

Sie zerschlugen eine Muschel nach der anderen. Die Scheine warfen sie in den Kochtopf.

Es klopfte zaghaft an der Tür. Mascha schlug gerade auf zwei Muscheln gleichzeitig ein und lachte wie irre. Hugo stampfte auf eine Muschel, die zu Boden gefallen war und rief »Olé!«

Mascha stand auf, warf zwei leere Schalen an die Decke und küsste Hugos Hals entlang. Er zog ihr T-Shirt aus und nahm hinter ihrem Rücken eine neue Muschel aus dem Sack. Sie lachten ganz besoffen vor Glück. Mascha setzte sich mit nacktem Oberkörper, nahm den Hammer und positionierte die Muscheln. Sie schlug zu, ihre Brüste wippten auf und ab. Schalensplitter flogen durch die Luft.

Das Klopfen an der Tür wurde heftiger.

»Drei auf einen Streich! Juhu! Danach kochen wir eine Geldsuppe! Wir sind reich, Hugo! Wir sind reich! Wir kaufen uns eine Yacht! Sieben Yachten! Für jeden Tag eine andere!«

»Mascha, hör mal! Mascha!«

»Was denn? Oh, es klopft! Machst du auf? Ich warte hier.«

Hugo schlich zur Tür und öffnete sie zögerlich.

»Ist Mascha hier?«

»Wer bist du?«

»Ist sie hier? Wer bist du denn?«

»Al Pacino und du?«

»Al Pacino? Mascha? Bist du hier? Kannst du mir das erklären?«

Mascha schluckte ihren Rausch herunter, bedeckte ihre Brüste mit den Händen und stolperte verdutzt an Hugos Seite.

»Jakob!«

Sie sahen sich mit offenen Mündern und Augen an.

»Hallo. Den hast du verloren.« Er übergab ihr ihren Strohhut.

»Danke.« Sie nahm ihn hastig entgegen und hielt ihn beschämt vor ihre Brüste.

»Du brauchst heute Abend nicht zum Zelt zu kommen. Amüsier dich ruhig – mit *Brigitte*!«

»Avec Brigitte?«

»Es tut mir leid, Jakob, es war nur – ich …«

»Ja, ich verstehe schon.«

»Okay, sie hat ihren Hut! Ciao, Jakob!«

»Ich gehe, wann ich möchte, klar?«

»D'accord. Jakob, rauchst du?«

»Rauchen ist nicht gut für die Gesundheit.«

»Das Leben ist schlecht für die Gesundheit.«

»Tschüss, Mascha.«

»Es tut mir furchtbar leid.« Maschas Hut war zu Boden gesegelt, als sie eine Geste des Verzeihens versuchte.

»Ciao!« Jakob schüttelte den Kopf und stapfte in Richtung Strand. Hugo zog die Tür zu und lachte das erste Mal ohne zu husten.

»Mist.«

»Aber Mascha, das ist doch jetzt nicht mehr wichtig. Wir sind doch reich!«

Sie grinsten, und der Rausch schoss ihnen wieder durch die Adern. Mascha lief zum Tisch und nahm den Hammer in die Hand.

»Eins. Zwei. Drei! Juhu!«

Jakob hatte wasserfeste Sonnencreme aufgetragen und den Autoschlüssel unter einem leeren Joghurtbecher versteckt. Er legte einen weißen Stein auf den Becher, um ihn zu beschweren und wiederfinden zu können. Das sah zwar auffällig aus, aber der Schlüssel war verborgen. Der Nachmittag hatte graue Wolken und Wind gebracht. Die meisten Eltern riefen ihre Kinder aus dem Wasser und die Sonnenanbeter falteten ihre Handtücher zusammen, um sich auf den Rückweg zu begeben. Wolken schoben sich vor die Sonne.

»Wir sind alle Sünder«, murmelte Jakob und versuchte, sich so die Welt zu erklären. Er ging hinaus in die Wellen. Er stapfte durch das Meer, bis er nicht mehr stehen konnte und begann zu schwimmen. Sein Ärger gab ihm so viel Kraft, dass er schließlich wie von Sinnen kraulte, den Kopf unter Wasser hielt und nur ab und zu auftauchte. Die Sonne platzte aus einem Wolkenloch hervor.

Jakob sah auf und wippte auf den hohen Wellen auf und nieder. Erleichtert sah er die Felsinsel hinter einer Welle auftauchen und kletterte hinauf. Behutsam setzte er einen Fuß vor den anderen, bis er auf dem letzten vom Wasser unberührten Felsen angekommen war. Er atmete schwer. Seine Arme und Beine erschienen ihm so schlaff wie schmelzende Butter.

Die Wellen verschluckten die vorderen Felsen und spuckten sie wieder aus. Die Miesmuscheln daran klebten aneinander und filterten ihr Mittagessen aus dem Meer.

Jakob beachtete sie nicht weiter und nahm sein müdes, verwirrtes Gesicht in die Handflächen. Er rieb sich die Augen, als eine Welle seine Füße umspülte. Der Schaum blieb ihm zwischen den Zehen hängen und verschwand. Jakob sah sich um. Er konnte den Strand nur schwer erkennen. Einige dunkle Punkte wanderten in Richtung Promenade. Jakob schloss die Augen und begann ein Gebet. Er fühlte sich noch immer schuldig, weil er sich nicht an die

Gebote gehalten hatte und er betete sogleich für Mascha und alle anderen Sünder mit.

»Und wenn Dein Sohn Jesus Christus die Regierung des Friedens auf der Welt übernehmen wird und es keine Regierung von Menschen mehr geben wird, wenn das Königreich hier auf Erden sein wird, dann wird sie mir glauben, aber ich weiß, dann wird es für sie zu spät sein. Vergib ihre Schuld. Auch ich werde mein Leben ändern und Deine Gebote befolgen. Ich danke Dir für diesen neuen Tag und diesen Nachmittag. Ich weiß, dass ich Schuld trage. Vergib mir. Geheiligt werde Dein Name. Amen.«

Eine kräftige Welle sprang ihn an wie ein Raubtier und warf ihn nieder. Wie ein tanzender Clown fiel Jakob zappelnd auf die Felsen. Reflexartig versuchte er sich festzuhalten, ratschte aber mit vollem Schwung an den Rasiermesserkanten eines Felsens entlang. Schließlich lag er auf der Seite. Das rechte Bein klemmte zwischen zwei Felsen fest. Blut rann im Takt seines Herzschlags über die Felsen wie Karamellsoße über einen Pudding. Die Wellen wuschen es ab. Die Miesmuscheln hafteten zufrieden aneinander und schlürften das Meer aus. Sie tranken sein Blut mit, bis sie satt waren. Das Meer rauschte entspannt weiter.

Der Bademeister biss in sein dampfendes Vier-Käse-Panino und sah sich nach der roten Flagge um. Es wurde langsam Zeit, sie zu hissen. Eine Frau mit pinkfarbener Badekappe rannte auf ihn zu und fuchtelte hysterisch mit den Händen. Der Bademeister legte das Sandwich auf dem Hochsitz ab und trabte der Frau entgegen. Er merkte sofort, dass etwas nicht in Ordnung war.

»Was ist los?«

»Da hinten! Holen Sie den Mann da hinten von den Felsen! Sie sind doch der Bademeister!«

Er schaute kurz in Richtung der Felsen und trabte los.

»Ich rufe jetzt den Krankenwagen!«, rief die Dame und riss sich die Badekappe vom Kopf.

»Fünfzigtausend, einundfünfzigtausend, zweiundfünfzig-tausend! Zweiundfünfzigtausend, Hugo! Das ist ja Wahnsinn!«

»Wir haben so ein Glück, chérie! Wir haben so ein Glück! Alle warten darauf, dass sie einen Schatz in ihrem Leben finden, wir haben ihn gefunden! Wir ganz alleine!«

Mascha nahm den Kochtopf vom Tisch, ließ sich aufs Bett fallen und leerte ihn über ihrem Gesicht aus. Hugo nahm zwei Geldscheine von ihren Augen.

»Ich liebe dich.«

Er streichelte über ihre Brüste und legte sich auf sie. Mascha nahm einen Schein vom Mund und küsste ihn. Wieder klopfte es an der Tür. Die beiden waren taub vor Eifer.

Es klopfte energischer. Schließlich sah Mascha ein rötliches Gesicht am staubigen Fenster. Eine gedämpfte Stimme erklang.

»Pourquoi? Warum? Sagt mir, warum!«

Mascha erschrak. Sie kannte die Stimme. Sie befreite sich von Hugos Umarmung, zog sein Hemd an und ging zur Tür. Sie öffnete sie vorsichtig.

»Du?«

»Yes! Have you found my money, darling?«

»Was machst du hier?«

Kasper strich sich das zerzauste Haar aus dem Gesicht. Er trug immer noch sein rosa Hemd und gekürzte Jeans. An der Schnittstelle hingen weiße Fransen herunter. Seine Beine waren rot von der Sonne.

»Was ich hier mache? Mascha, Mascha…«

»Mascha? C'est qui?«

»Ach, das ist ein Freund! Warte, Hugo! Ich komme gleich zurück.«

»Hugo heißt er, ja? Pourquoi, Mascha?«

»Was um Himmels Willen machst du hier? Antworte doch endlich!«

Seine Antwort roch nach Bier.

»Mascha, Mascha! Ich mache Urlaub hier, aber eigentlich suche ich mein Geld. Ihr habt es doch abgeholt, oder?«

»Woher – was für Geld? Wie kommst du hierher?«

»Na, das Geld, das Joseph gemacht hat.«

Kasper schüttelte seufzend den Kopf und griff in seine verwaschene Jeanstasche. Er öffnete seine breite Hand vor Maschas Augen. Darin lag ihr vermisstes schwarzes Höschen, das mit den roten Schleifen an den Seiten. Mascha sah ihn fassungslos an.

»Woher hast du das? Haben wir beide etwa …?«

Kasper lachte.

»Wäre das so schlimm? Mascha, Mascha, du bist unglaublich! Weißt du denn gar nichts mehr? Hast du alles vergessen? Ich dachte ja im Zug, dass du mich wiedererkannt hättest, weil du mich unentwegt angestarrt hast, aber nein … Trink nicht so viel, meine Blume! Hast du etwas zu trinken hier?«

»Nein, nicht jetzt … Wieso sollte ich dich wiedererkennen?«

»Du hattest doch sogar meine Zeltstange im Zug! Kann ich sie wiederhaben?«

»Was für eine Zeltstange?«

»Die Krücke!«

»Die Krücke?«

»Ja, das war vorher ein wichtiger Bestandteil meiner Behausung im Park.«

»Im Park?«

»Ja, ich habe vorher im Volkspark Friedrichshain gewohnt, in

Berlin. In der Nähe der Glocke, kennst du die Glocke? Darunter verstecken sich die Verliebten und küssen sich. Ich schleiche mich manchmal an und schlage mit meiner Zeltstange auf die Glocke. Dann renne ich weg und sie bilden sich ein, es wäre Amor gewesen oder so ein Schwachsinn, hehe …«

»Aha. Kannst du mich vielleicht aufklären, wieso ich deine … deine Zeltstange besitze und du meine Unterwäsche? Gib das her!«

Sie riss ihm die Unterhose aus der Hand.

»Du bist eines Nachts durch den Park getorkelt. Du kamst von einer Party mit zwei Jungs an deiner Seite. Die beiden haben dich bedrängt. Also habe ich meine Zeltstange, meine Krücke, wie du es nennst, genommen und ihnen eins auf den Kopf gegeben. Ich habe sie in die Flucht geschlagen und dich wieder einigermaßen hergerichtet. Dabei haben wir deine Unterhose auf dem Rasen vergessen, aber so hatte ich wenigstens ein Souvenir.

Ich habe dir von meinem Freund Joseph erzählt und dich gebeten, das Geld für mich abzuholen. Du hast mich versonnen angelächelt mit halbgeöffneten Augen, also habe ich das für ein Ja angenommen. Ich konnte nicht zur Farm gehen, weil Mimi mich kennt und sie genau weiß, dass Joseph mir niemals seine Besitztümer anvertrauen würde.«

»Aha! Aber wieso hast du mir die Krücke mitgegeben?«

»Zur Selbstverteidigung, falls die Jungs wiederkommen!«

»Ach so – und wieso sind wir nach Paris gefahren und nicht gleich zum Mont Ventoux oder zur Muschelfarm?«

»Ich wusste vorher nicht, dass das Geld auf der Muschelfarm versteckt ist. Ich wusste nur, dass eine seiner Tanten es hat. Er hat fünf Tanten. Ach, das mit Paris war ein Sonderangebot der Bahn. Außerdem hast du so mal die Stadt gesehen.«

»Ein Sonderangebot?«

»Ja, wenn du die Bahncard hast, gibt es Ermäßigung auf die Tickets.«

»Aha.«

»Also, Mascha, wo ist meine Zeltstange, wo ist mein Geld?«

»Erstens habe ich die Zeltstange Mimi versprochen, weil sie humpelt und zweitens ... wäre ich nüchtern gewesen und hätte ich mich erinnern können ... ich hätte niemals all diese Strapazen auf mich genommen, nur um dir dein Geld zu beschaffen! Das ist unser Geld!«

Hugo stand jetzt hinter Mascha.

»Wer ist denn das? Al Pacino?«

»Oui!«

»Ohne mich hättet ihr das Geld doch gar nicht gefunden, ihr Spaßvögel!«

»Aber Kasper, es ist doch so viel, ich wäre einverstanden, wenn wir es teilen!«

»Non, Mascha! Ich will nicht teilen!«

»Siehst du, dein Freund will auch nicht teilen!«

Kasper trat in den Wohnwagen.

»So! Wo ist es denn nun? Ah, auf dem Bett! Formidable, es ruht sich aus!«

Kasper ging mit gierigen Händen auf das Bett zu. Hugo zog ihn zurück.

»Das gehört uns, du Spinner!«

»Lass mich los, entweder du teilst mit mir oder ich nehme alles mit!«

»Penner!«

»Ja, ich weiß, dass ich ein Penner bin, aber na und? Diogenes hat auch in einer Tonne gelebt! Sagt mir, warum mache ich nichts?«

»Quoi?«

»Siehst du, das weißt du auch nicht, Scherzkeks. Jetzt lass mich los!«

»Non!«

»Du lebst in einer Tonne, Kasper?«

»Nein, aber seit zehn Jahren in einer alten Badewanne, das ist fast dasselbe.«

Hugo schupste ihn in Richtung Tür zurück. Kasper räusperte sich.

»Mascha, dein Freund beginnt, mich zu nerven!«

Mascha hielt gedankenverloren einen Schein in den Händen und sah ihn bekümmert an. Was sollte sie mit sieben Yachten?

»Kasper, was willst du mit dem Geld anfangen?«

»Es gibt eine neue Pflanze, man hat sie gezüchtet. Es ist ein Baum, an dem sowohl Orangen als auch Zitronen wachsen. Gleichzeitig. Meine Schwester kannte das nicht. Ich wollte ihn auf ihr Grab pflanzen. Dann hat sie ein bisschen was von der Gegenwart.«

»Das ist schön. Aber du bist ein Volltrottel. Dafür brauchst du doch nicht fünfzigtausend Euro!«

»Naja, ein Destilliergerät wollte ich mir auch kaufen.«

»Für Schnaps?«

»Natürlich für Schnaps! Orangenzitronenschnaps, dachte ich.«

Mascha schüttelte den Kopf.

»Oust, clochard!«

»My name is Kasper, Spinner!«

Mascha starrte den Schein mit offenem Mund an. Sie konzentrierte sich. Irgendetwas stimmte nicht an ihm, aber was? Er besaß ein Wasserzeichen, den Kreis der zwölf Sterne, das Bild dieser nichtssagenden modernen Fensterarchitektur, die Unterschrift …

»Hugo! Kasper! Hört auf zu streiten! Ich glaube, das Geld ist nicht echt, aber ich weiß nicht, was fehlt!«

Hugo eilte herbei und nahm einen Schein vom Bett. Er starrte ihn ebenso ratlos an wie Mascha.

»Aber da fehlt doch gar nichts, chérie!«

»Doch! Ich weiß nicht was, aber etwas fehlt.«

Kaspar lächelte sie so ironisch an wie immer.

»Gute Augen hast du, Mascha, Mascha …«

»Also fehlt wirklich etwas!«

»Ja!«

»Und was?«

Kasper stand neben ihr und zeigte lässig auf die linke untere Ecke des violetten Scheines.

»Aber da steht doch 500 Euro!?«

»Normalerweise steht da nicht nur EURO, sondern auch EYPO auf griechisch … Ich habe doch gesagt, das Geld hat Joseph gemacht!«

»Das ist es! Genau! Aber dann ist das doch alles nichts wert, Kasper! Wieso das Theater?«

»Was heißt hier nichts wert? Du kennst doch die Menschen, Mascha! Die Menschen sind dermaßen unachtsam gegenüber der Welt, die sie umgibt, dass man sie auch mit Falschgeld bezahlen kann, ohne dass sie es merken. Hauptsache 500 Euro, werden sie denken, wie ihr … Natürlich kann ich damit keinen Sportwagen oder ein Haus kaufen. Aber meinen Zitronenorangenbaum und das Destilliergerät.«

»Die Scheine sind gefälscht?«

»Ja, Monsieur Pacino! Hast du es auch schon mitbekommen?«

»Aber wenn wir nur solche kleinen Alltagsgegenstände damit kaufen können … dann ändert sich ja gar nichts.«

»Genau! Ich glaube sowieso, zum wahren Glück brauchst du ein ungestilltes Verlangen, Mascha. Das Glück ist ein perfekt gemixter

Cocktail aus Maßlosigkeit und einem Schuss Unerfülltem. Ohne dieses Unerfüllte schmeckt er nach nichts. Das siehst du an den Reichen und Schönen.«

»Na, wenn du meinst.«

»Ja, ihr könnt euch was Schönes auf dem Marktplatz kaufen. Äpfel, Honig, Salami …«

»Ja und dir kaufe ich den Film mit Al Pacino, wo er den Teufel spielt!«

Hugo versuchte zu lächeln.

»Kasper, wieso hatte dein Freund Joseph soviel Falschgeld?«

»Puh, das ist eine lange Geschichte.«

»Bitte.«

»Ich mach's kurz: Joseph war ein exzellenter Mathematiker. Genauer gesagt war er Mathelehrer und du weißt, das Schlimmste für einen Maler ist, Kunstlehrer zu sein, für Sportler ist es der Sportlehrer, für den Dichter der Sprachlehrer. Und der schlimmste Beruf für einen Mathematiker ist Mathelehrer. Er hat diese überfütterten Kinder unterrichtet, diese verdummten, computersüchtigen Halbstarken, die dir erst zuhören, wenn du ein Maschinengewehr in der Hand hast.«

Mascha nickte.

»Er bekam ein Burn-Out-Syndrom, das sich darin äußerte, dass er mit seinen Oberstufenjahrgängen die simpelsten Rechnungen anfing. Alles spielte sich nur noch im Zahlenraum bis zwanzig ab, da er meinte, alles Andere mache lebensunpraktisch.«

»Seinen Ansatz finde ich gar nicht so dumm.«

»Das sah der Schuldirektor aber anders und pensionierte ihn. Er saß dann zu Hause und wusste nichts mit sich anzufangen, also schlug er sich die Nächte um die Ohren und lernte alte, reiche Damen mit kleinen Hündchen und Pelzmänteln kennen. Er wurde

Heiratsschwindler. Er umschmeichelte die Damen, heiratete sie, plünderte ihre Konten und reiste davon. Durch ganz Europa.«

»Keiner wollte ihn begleiten, hihi!«

»Was?«

»Nicht so wichtig. Und was geschah dann?«

»Ich habe dir ja erzählt, er war Mathematiker. Sein Ziel war es, unendlich viel Geld zu besitzen. Die Unendlichkeit war für Mathematiker schon immer interessant, weißt du?« Mascha nickte. »Er hatte bereits viel Geld angehäuft. Mit diesem kaufte er eine Gelddruckmaschine und fing an, diese Scheine zu drucken. Leider hat er das griechische Eurozeichen vergessen, aber darüber haben wir ja schon gesprochen.«

»Ja, und dann?«

»Er hat sich verliebt. Hier in Frankreich. In eine Bäckerin. Sie hat eines Tages seinen Gelddrucker gefunden. Zuerst dachte sie, es sei ein Toaster für Croque Monsieurs, bis sie dann ihren Irrtum einsah. Sie war außer sich und rief die Polizei. Joseph hat seine letzten Scheine genommen und ist vor der Polizei geflohen. Schließlich ist er hier gelandet und hat sein letztes Geld bei seiner Tante versteckt, was ein sicherer Ort ist, wie ich finde.«

»Er hatte den Kopf seines Hundes in der Höhle!«

»Ach so. Das war doch nur zur Abschreckung. Der Hund hat sich an einem Knochen verschluckt und ist erstickt.«

»Mm.«

»Und wo ist Joseph jetzt?«

»Bei seiner Bäckerin. Sie hat der Polizei erzählt, sie halluziniere manchmal, wenn sie zu viel Kaffee getrunken hätte und dass es nichts weiter als ein Toaster sei … Kluges Mädchen.«

»Aber wie habt ihr euch kennen gelernt?«

»Einmal wollten ihn ein paar Jugendliche im Park ausrauben. Ich nahm meine Krücke und habe sie in die Flucht geschlagen.

»Du machst das häufiger?«
»Gelegentlich.«
»Gut. Teilen wir das Geld?«
»Oui.«
»Okay.«
»Mascha, soll ich dich zu deinem Jehova-Sohn bringen?«
»Woher weißt du das alles?«
»Zeige ich dir, komm mit!«
Mascha zog sich schnell an und nahm Hugo in den Arm.
»Ich komme heute Abend wieder, ja?«
»Oui, oui ...«
Kasper stopfte seinen Geldanteil in Maschas Strohhut und setzte ihn auf den Kopf. Er lachte.
»Komm, Mascha!«
»Oh, die Sonne ist weg.«
»Ach, die kommt wieder. Die kommt immer wieder.«
Mascha wollte vom Parkplatz zu Fuß gehen, aber Kasper hielt sie fest.
»Wir laufen nicht, wir fahren.«
»Ach, das ist dein Motorrad!«
»Genau! Ich bin bestimmt zehn Mal an dir vorbeigefahren.«
»Jetzt, wo du es sagst ...«
Kasper setzte Mascha seinen Helm auf.
»Aber damit sehen wir alle so gut wie gleich aus.«
»Ja, wie die Miesmuscheln.« Mascha lächelte. Sie setzten sich auf seine Maschine und ratterten los in Richtung Campingplatz.
»Pass auf, dass mein Hut nicht wegfliegt!«
Mascha hielt sich mit einer Hand an seiner Hüfte fest, mit der anderen drückte sie seinen Hut nach unten.
»Fall bloß nicht um! Du hast doch bestimmt wieder getrunken!«

»Ach, nur vier Bier.«

Sie stoppten vor dem Mimosas-Schild.

»Da sind wir! Ich begleite dich noch zum Zelt, chérie!« Er torkelte neben ihr her.

»Ja, es ist gleich um die Ecke! Hier! Oh!«

Aus dem Zelt drangen Männerstimmen. Mascha klappte die Zelttür auf. Im Innern des Zeltes saßen zwei Polizisten mit der Bibel und der Taschenlampe in der Hand.

Mascha sah furchtsam auf Kaspers Hut. Er zuckte hilflos die Schultern und schwankte hin und her wie eine Pendeluhr.

»Sind Sie Mascha Lieberman?«

»Ja.«

»Kennen Sie Jakob Schwan?«

»Ja, ich mache hier Urlaub mit ihm. Wieso?«

»Er hatte einen Unfall. Er liegt im Krankenhaus, zwanzig Kilometer von hier.«

»Oh, mein Gott! Was ist passiert?«

»Er ist auf den Felsen gestürzt. Heute war schlechtes Wetter. Er hat viel Blut verloren. Sehr viel Blut.«

Mascha wurde bleich. Jakob würde niemals einer Bluttransfusion zustimmen.

»Er hatte das hier bei sich.« Der Polizist hielt ihr die Bibel vor die Nase.

»Er ist Zeuge Jehovas. Er lässt keine Bluttransfusionen zu.«

»Haben Sie die Nummer seiner Eltern?«

»Ja, in meinem Handy!«

Kasper räusperte sich.

»Also, wenn mich hier keiner braucht. Ich muss dringend einige Einkäufe erledigen. Viel Glück, Mascha. Wir sehen uns im Park, ja?«

»Ja.« Mascha deutete ihm an, sich schleunigst aus dem Staub zu machen. Kasper zog seinen Hut, um sich zu verabschieden.

»Au revoir, Messieurs!«

Mascha hielt sich die Hände vor die Augen, aber die Wirklichkeit verschwand nicht. Als sie die Hände fortnahm, kniete Kasper auf dem Boden und sammelte die Scheine ein. Die Polizisten spähten misstrauisch aus dem Zelt heraus.

»Er hat im Lotto gewonnen.«

»Mm-mm.«

»Alle sechs Richtige plus Zusatzzahl!« Kasper setzte seinen Hut wieder auf und lachte.

»Ciao!« Er schwang sich auf sein Motorrad und düste davon. Maschas Kopf fühlte sich leichter an.

»Begleiten Sie uns zum Krankenhaus. Von dort verständigen wir seine Eltern.«

»Gut.«

Mascha folgte den blau-weißen Polizisten zur Einfahrt und stieg mit rasendem Herzen in den Wagen.

IM SESSELLIFT

»Mama, Mama … Warum ist Madeleine denn jetzt tot? Ich will sie doch noch fünfmal am Strand treffen! Noch fünfmal! Noch fünfmal!«

Der kleine Junge schrie die Wartenden im Vorraum der Intensivstation wach. Seine Mutter strich sich das blondierte Haar hinter die Ohren und versuchte, ihn zu beruhigen. Sie kraulte ihm durch seine braunen Locken.

»Sie lebt doch weiter, in deinem Herzen, in deinem Herzen!«

»Aber sie ist doch wegen ihrem Herzen tot! Ich will sie morgen am Strand treffen! Noch fünfmal! Noch fünfmal!«

Sein kleiner Bruder, der auf dem Teppich mit einem leeren Kaffeebecher spielte, sah neugierig auf.

»Wieso denn nur fünfmal? Warum nicht zehnmal?« Er freute sich über die schlaue Frage.

»Nein! Fünfmal! Fünfmal!«

»Scht, Nikolas! Schrei doch nicht so laut.« Aber der Junge schrie nur noch lauter.

»Warum ist sie denn jetzt schon tot?« Sein kleiner Bruder sprach beruhigend auf ihn ein.

»Aber das ist doch nicht so schlimm! Es kommt einfach ein Fallschirm vom Himmel und bringt sie wieder zurück!« Mascha musste lächeln.

»Nein! Es kommt kein Fallschirm! Ich will sie noch fünfmal sehen!«

»Das geht nicht, Nikolas. Sie lebt jetzt beim kleinen Jesus im Himmel, beim kleinen Jesus, weißt du.«

»Aber der kleine Jesus ist doch auch wieder auferstanden! Wieso kann sie denn nicht wieder auferstehen!«

Die Mutter sah sich ratlos im Wartezimmer um, doch niemand half ihr.

»Aber, aber, das war doch nur eine Geschichte! Eine Geschichte!«

Verlegen strich sich Mascha über ihren hellgrünen Kittel.

»Frau Lieberman?«

Ein Pfleger mit Mundschutz und Haarnetz stand in der Tür. Seine blauen Augen sahen gutmütig aus der Maskierung hervor.

»Sie können jetzt zu ihm. Wir haben ihm einige Medikamente zur Beruhigung gegeben. Er hat eine leichte Gehirnerschütterung, aber das ist nicht das Schlimmste. Er hat eine schwere Wunde am Handgelenk. Die Pulsader wurde zum Glück nicht ganz durchtrennt, aber er hat über einen Liter Blut verloren. Wir müssen ihm unbedingt eine Transfusion geben, aber er lehnt es ab. Vielleicht können Sie mit ihm reden.«

»Was sagen denn seine Eltern?«

»Sein Vater war am Apparat. Er sagte mir wortwörtlich, dass dieser Unfall Jehovas Wille war und dass man Gottes Gesetz nicht übertreten dürfte, andernfalls sei man kein Zeuge Jehovas mehr, man käme nicht ins Paradies und hielte sich nicht an die Worte der Bibel. Er meinte, sein Sohn würde sich schon Gottes Willen beugen. Falls nicht, würde er ihn nicht mehr in seinem Haus wiedersehen wollen. Er meinte, im Blut läge die Seele des Menschen.«

»Das ist ein Scherz, oder? Was steht denn in der Bibel? Wieso nehmen die kein Blut an?«

»Sein Vater hat mir eine lange Erklärung dafür geliefert. Er hat immer wieder aus der Bibel zitiert: Des Leibes Leben ist im Blut, oder so ähnlich – Er meinte, das ewige Leben wäre seinem Sohn ohnehin sicher.«

»Das ewige Leben?«

»Ja, es war ihm wichtiger, Gott zu gehorchen, als seinem Sohn zu helfen.«

›Die Karikatur eines Mörders‹, erinnerte sich Mascha an den ersten Eindruck von Jakobs Vater.

»Entschuldigen Sie, es sind gerade einige Ärzte bei ihm. Ich lasse Sie gleich zu ihm.«

»Kein Problem.« Der Pfleger ließ sie einen Moment im Flur warten.

Mascha lugte in das Nachbarzimmer, aus dem Musik drang. Ein Mann, so gelb und kahlköpfig wie eine Mumie, saß aufrecht im Bett. Sein Körper zitterte durch die Vibration der vielen Maschinen, an die er angeschlossen war. Neben ihm arbeitete ein Dialysegerät, fingen Plastiksäcke seine Ausscheidungen ein, zeigte ein Bildschirm den Herzschlag an, die Sauerstoffzufuhr, den Blutdruck. Linien in allen Regenbogenfarben schlugen Wellen über die Monitore. Das Zimmer erinnerte an ein Flugzeugcockpit. Aus dem Mann wuchsen die blutroten und transparenten Schläuche wie Zweige. Er trug Kopfhörer und sah mit todmüden Augen auf den Fernseher über sich. Der Bildschirm zeigte eine Ausgabe von »Wer wird Millionär«. Die 500.000-Euro-Frage wurde eingeblendet.

»Wie heißt das zerkleinerte und getrocknete Mark der Kokosnuss? A: Krema; B: Kopra; C: Kroepoek; D: Krill«

Der gelbe Mumienmann bewegte die Lippen: »B.«

Die Maschinen hinter ihm begannen aufzublinken und zu tuten. Einige Ärzte drängten sich hastig an Mascha vorbei und stülpten ihm eine Sauerstoffmaske auf das zerbrechliche Gesicht. Eine Krankenschwester schloss die Tür. Man hörte noch das Radio der Putzfrau aus dem Zimmer. Sie spielten »In the Summertime.« Mascha sang in Gedanken mit, um sich den Schauder aus dem Kopf zu waschen.

»In the summertime when the weather is high/You can stretch

right out and touch the sky/When the weather's fine/You got women, you got women on your mind ... «

Drei Ärzte kamen mit ernsten Gesichtern aus Jakobs Krankenzimmer. Mascha grüßte sie freundlich, sie nickten, ohne die Miene zu verziehen.

»Versuchen Sie's«, flüsterte ihr ein kleiner Arzt mit Hornbrille zu.

»Okay.«

Mascha betrat das Zimmer. Der Atem schmeckte vor lauter Putzmitteln ganz sauer.

»Haben sie die Hände desinfiziert?«

»Ich hole es gleich nach.« Mascha fühlte sich nicht als Besucherin, eher wie ein Archäologe, der ein dem Alterungsprozess unterworfenes bröselndes Gemälde vergangener Kulturen das erste Mal ohne Schutzfolie betrachten durfte.

Jakob wirkte ebenfalls dem Alterungsprozess unterworfen. Seine Haut war zuckerweiß. Er schien zu schlafen.

»Jakob? Jakob? Huhu! Ich bin's, Mascha! Schläfst du?«

Die Maschinen starrten sie an wie blinkende Monster. Der Pfleger kontrollierte die Infusionen. Mascha legte ihren MP3-Player auf den Bettrand und drückte auf PLAY.

»Hörst du, Jakob? Rachmaninow! Prelude 23! Dab-da-dab-da-da ... hörst du?«

Jakob öffnete langsam die Augen und röchelte.

»Er ist ein wenig heiser, wir haben ihn beatmet.«

»Ach so. Jakob, kannst du sprechen? Du brauchst eine Bluttransfusion, verstehst du mich? Ohne die stirbst du.«

Jakob spähte aus dem Fenster. Eine Pappel tanzte im Wind. Die Uhr döste ein. Ein Marienkäfer flog gegen die Fensterscheibe, stürzte zu Boden und rappelte sich für den nächsten sinnlosen Freiheitsversuch auf. Jakob wandte sich langsam Mascha zu.

»Tollpatsch?«

»Ja! Genau! Das bin ich! Du musst die Transfusion annehmen!«

»Das geht nicht.«

»Jetzt hör auf zu spinnen! Du bist viel zu gut aussehend, um schon zu sterben.«

»Das ist freundlich von dir, aber das ist nicht Gottes Wille. Kein fremdes Blut, kein fremdes Blut. Er will nicht, dass ich hier weiterlebe … Er wollte mich für meine Sünden bestrafen.«

»Ach, Quatsch! Du bist unglücklich gefallen! Jetzt hör endlich auf mit diesem Blödsinn! Nimm schon diese Transfusion an!«

»Aber ich komme doch ins Paradies, wenn ich sterbe.«

»Hat dir schon mal jemand erzählt, dass er dort war?«

»Die Bibel hat mir davon erzählt.«

»Nicht die Bibel! Jemand, den du kennst!«

»Das geht doch nicht … Es ist doch noch nicht da, das Paradies.«

»Nein! Niemand hat je davon erzählt! Aber ich kann dir davon erzählen! Ich kenne dein Paradies! Es ist hier!« Mascha sah sich um. Die Maschinen blinkten teilnahmslos wie immer. Der Pfleger richtete seinen Mundschutz.

»Hier?«

»Ja! Es ist hier! Hier und draußen! Am Strand! Im Zelt! Im Supermarkt! Im Schwimmbecken! Auf dem Reiterhof! Auf dem Körper einer Frau! Das ganze Leben ist dein Paradies! Aber du hast nur das eine, danach kommt nichts mehr! Der Film ist zu Ende! Verstehst du mich?«

»Ich war im Sessellift.«

»Was?«

»Ich war auf den Felsen und danach saß ich im Sessellift.«

»Im Sessellift? Meinst du den Krankenwagen?«

»Nein, ich hatte Skier an den Füßen. Ich saß im Sessellift. Der

Platz neben mir war frei. Unter mir glitzerte ein Schneeteppich in der Sonne und wenn ich hinauf sah, ragten die Berge in den Himmel. Vor mir im nächsten Lift saß noch jemand, aber ich konnte die Gestalt nicht erkennen. Die Sonne hat mich geblendet. Ich sah nur ihre schattige Kontur. Wenn ich etwas hinüber rief, hat sie sich nicht umgedreht. Ich bin im Sessellift geschaukelt. Er fuhr immer weiter nach oben. Die Tannen unter mir wurden immer kleiner. Bald sah ich keine Spur mehr im Schnee, keinen einzigen Skifahrer mehr. Es war still dort oben. Es war ganz still. Man hörte keinen Vogel mehr singen. Bei jeder Kupplung zuckte mein Lift ein bisschen. Ich fuhr in die Sonne … Und neben mir, neben mir kamen die anderen Sessellifts zurück. Sie hingen am Seil wie meiner, aber sie waren allesamt leer. Sie waren ganz leer für die Nächsten. Die nächsten Gäste. Es war wunderschön dort oben und ich hatte so unglaubliche Angst. So eine Angst, die mir das Blut aussaugte. Ich wollte näher bei der Sonne dort oben sein, aber ich wusste, ich würde nicht mehr zurück fahren. Ich würde dort oben bleiben und mein Lift führe ohne mich zurück, so wie alle anderen.«

»Jakob, ich weiß nicht, was du mir da erzählst, aber bitte – Ja, genau so wird es sein! Du wirst nicht mehr zurück fahren in deinem Sessellift, wenn du jetzt keine Transfusion zulässt! Hörst du auf mich?«

»Aber dann bin ich kein richtiger Zeuge Jehovas … und meine Eltern …«

»Deine Eltern spielen jetzt gar keine Rolle, das ist dein Leben! Dein Leben! Nimmst du jetzt die verdammte Blutspende! Meine Güte, das ist ein Sack rotes Wasser!«

Jakob nickte.

»Ich höre dich nicht!«

»Ich kann das nicht annehmen.«

»Aber Jakob! Wenn du das Blut annimmst, geht es wieder zurück … Dein Lift hält an und fährt rückwärts, falls du das besser verstehst!« Sie nickte ihm nachdrücklich zu.

»Aber mein Vater würde das nie verstehen.«

»Wenn deinem Vater irgendwelche Gebote wichtiger sind als dein Leben, wie kann dir seine Zuwendung dann so viel bedeuten?«

»Er ist mein Vater.« Jakob kamen die Tränen. Mascha seufzte.

»Jakob, ich verspreche dir, dass dein Gott dich nicht bestrafen wird, bloß weil du jetzt eine Blutspende annimmst! Als ich klein war, habe ich ständig fremdes Blut bekommen, ich war eine Frühgeburt! Ein Dutzend Blutspenden, und trotzdem hat dein Gott mich weiterleben lassen!«

»Ein Dutzend Blutspenden?« Jakob sah sie entsetzt an.

»Ja, verdammt noch mal! Jetzt sei kein Dummkopf und lass dir Blut geben. Du siehst ja schon ganz weiß aus!«

Jakob sah auf seine bleichen Arme. Eine Träne rollte ihm übers Gesicht.

»Gut, ich nehme die Blutspende an. Hilfst du mir dann, eine neue Wohnung zu finden?«

»Ja, ich suche dir eine neue Wohnung – ich kann dir auch neue Möbel kaufen und die Maler bezahlen, wenn du willst.«

»Seit wann hast du so viel Geld?«

»Nenn mich eine barmherzige Samariterin. Jedenfalls, mach dir keine Sorgen. Nimm nur dieses Blut endlich an.« Mascha gab ihm einen Kuss auf die Wange und verließ das Krankenzimmer. Davor stand der Arzt, putzte seine Brille, setzte sie auf und sah grüblerisch in eine blaue Akte. Sein Blick richtete sich auf Mascha und fragte nach dem Ergebnis.

»Er war im Sessellift. Er ist fast bis zum Gipfel gefahren, aber jetzt nimmt er die Blutspende an.«

»Mehr wollte ich nicht wissen!«

Sie nickten sich zu und gingen ihrer Wege. Mascha seufzte, warf den Kittel in den bereitgestellten Container und schlurfte erschöpft am Wartezimmer vorbei.

»Noch fünfmal will ich sie am Strand treffen! Noch fünfmal!«

»Halt doch endlich mal den Mund! Das geht nicht! Um Gottes Willen! Das geht nicht mehr!«

EINE HAND VOLL TAGE

Mascha saß auf ihrem Bett in der ersten Klasse. Sie trank das fünfte Glas Champagner. Draußen glitt die Nacht am Zugfenster vorbei. Vor ihr auf dem Nachttisch stand ein silberner Sektkühler, darin lagen 13000 falsche Euro. Sie schniefte ins Taschentuch und wischte sich mit dem Ärmel die Tränen von den Augen. Sie übersetzte sich Hugos Brief ein masochistisches neuntes Mal.

»Cherie, ich bin nicht der Mann für feste Beziehungen, aber ich hatte viel Vergnügen mit dir. Deshalb dieses Paket mit deinem Anteil unserer Beute. Ich bin auf dem Weg nach Argentinien. Ich möchte mir eine Tabakplantage kaufen. Sorge dich nicht um mich. Ich küsse dich, Al Pacino.«

»Dieser Mistkerl! Dieser Teufel! Dieser Verdammte!« Mascha nahm einen großen Schluck direkt aus der Flasche und begann vor lauter Traurigkeit zu lachen. Sie setzte sich den Kühleimer auf dem Kopf. Die Scheine rieselten an ihr herunter. Sie fiel in ihr weiches Kissen und schlief ein, zugedeckt mit ihrem wertlosen Vermögen.

Etwa dreizehn Stunden und zwei Kopfschmerztabletten später erreichte sie das hellbraune Hochhausviertel. Sie stellte ihren Koffer ab und klingelte bei Familie Schwan.

Die Sprechanlage schaltete sich ein. Heinos Stimme erklang. »Ja?«

»Hallo! Hier ist Mascha! Jakob geht es gut.«

»Wir haben mit den Ärzten gesprochen.«

»Aha. Ich wollte eigentlich nur – ich habe noch einige Sachen bei Ihnen.«

»Du holst die Sachen ab und verschwindest!«

»Okay.« Mascha riss die Augen auf. Die Tür summte und ließ sich aufstoßen. Sie ging über den eitergelben Flur und wartete auf den Fahrstuhl. Er öffnete sich und Madu trat heraus. Er streckte sein Bein zwischen die schließenden Fahrstuhltüren.

»Madu!« Er hustete.

»Mascha! Du bist schon zurück? Wo ist dein kleiner gläubiger Freund?«

»Er ist … Er ist über den Berg.«

»Über den Berg? War er krank?«

»Ja. Er war so gut wie tot. Aber dafür ist er kein Zeuge Jehovas mehr.«

»Wieso nicht?«

»Sie schließen ihn aus. Er hat eine Blutspende angenommen. Ich bezweifle sehr, dass er das jemals bereuen wird.«

»Wirklich? Was hast du denn mit ihm angestellt?« Sie lachten.

»Nein, das muss doch schrecklich gewesen sein, oder, Mascha?«

»Ach, ich freue mich über jedes neue Trauma. Sonst habe ich ja nichts Spannendes mehr zu erzählen.«

»Du bist genauso bekloppt wie ich. Aber wieso war er denn so verletzt, dein Freund?«

»Ich erzähle es dir später. Du, Madu, darf ich vielleicht bei dir bleiben, diese Nacht? Mein Flug geht erst morgen. Ich habe auch ein Geschenk für dich!«

»Ein Geschenk? Ja, aber ich habe kein Bett!«

»Du hast kein Bett?«

»Verkauft.«

Mascha schüttelte den Kopf und streichelte ihm über die schwarze Schulter. »Sehen wir uns um acht bei dir?«

»Um acht!«

Heino schloss die Tür auf. Zippi raste auf den Flur hinaus und kläffte. »Zippi! Komm sofort hierher! Zippi!« Aber der Hund hörte nicht und schleckte Mascha die Fußknöchel ab.

»Guten Tag.«

Heino brummte nur.

»Ich habe deine Sachen bereits hierher gestellt. Es fehlt nichts. Wir sind keine Diebe.«

Mascha lachte auf.

»Ich ebenfalls nicht. Jetzt hören Sie mal, Ihr Sohn würde nicht mehr leben, wenn er diese Transfusion nicht angenommen hätte.«

»Wir wissen, dass du ihn dazu überredet hast. Er hätte niemals von sich aus gegen Gottes Gesetzte verstoßen. Jetzt ist es zu spät. Für uns hat sich nichts geändert. Wir bleiben gläubig. Wir wollen in der Gemeinschaft der Zeugen Jehovas leben ohne einen Sohn, der sich von der Wahrheit abgewandt und dem Teufel zugewandt hat.«

»Ich bin der Teufel, was?« Heino überreichte ihr energisch eine Plastiktüte mit den hinterlassenen Utensilien.

»Hast du mein Manuskript mitgebracht?«

»Dein … dein Manuskript, ich … Es ist in Jakobs Wagen.«

»In Jakobs Wagen. Na gut. Ich werde ein neues drucken.«

»Es war gar nicht übel … ich meine …« Sie schwieg vor Schreck, nahm die Plastiktüte und verabschiedete sich vom Hund.

»Mach's gut, kleiner Stinker!«

»Wie bitte?«

»Ich habe nur mit dem Hund … naja, tschüss!«

Die Tür fiel vor ihr ins Schloss. Mascha griff sich in den BH und holte einen neuen 500-Euro-Schein hervor. In der Bar de Tabac haben sie sicher keine Geldkontrollen, dachte sie und machte sich auf den Weg.

»Dein Geschenk.« Es war gegen neun, als Mascha ihre

Einkaufstüte in Madus rote Küche brachte. Madu öffnete sie mit seinen schlanken Flötenspielerhänden. »Genau das, was ich mir immer gewünscht habe!« Er zog eine Flasche Rum, zwei Flaschen Rosé, eine Flasche Bacardi und eine Stange Zigaretten aus der Tüte.

»Ich wusste, dass es dir gefällt. Gehen wir ins Wohnzimmer?«

»Ich habe keine Stühle mehr.«

»Wieso hast du keine Stühle mehr?«

»Verkauft.«

»Ja, und wo sitzt du?«

»Soll ich es dir zeigen?«

Eifrig packte Madu wieder alles in die Tüte.

»Spielst du mir heute was auf der Flöte vor?«

»Wenn du magst, wir können sie mitnehmen.«

»Ja, bitte.«

Er packte die Blockflöte dazu und trat aus der Wohnung. Sie stiegen in den Fahrstuhl. Vierzehnter Stock. Es war das letzte Stockwerk. Sie gingen eine kleine, staubgraue Treppe hinauf. Madu stieß eine Holzluke auf und erklomm die Stufen einer viersprossigen Leiter, die sie auf das Hochhausdach führte. Sie setzten sich auf eine kleine Mauer, die die Eingangsluke umschloss. Die Schornsteine der Nachbarhäuser qualmten grauen Rauch in den Nachthimmel. Einige Fenster leuchteten wie Tigeraugen.

Madu zog den Rum aus der Tüte hervor und zündete ihnen die Zigaretten an. Sie rauchten zusammen mit den Schloten. Weit und breit sahen sie auf dieselben Häuser mit denselben Fenstern und denselben Zimmern und denselben Menschen?

»Du siehst so verweint aus. War es so schlimm mit deinem Jehova-Sohn?«

Er nahm einen kräftigen Schluck Rum, schüttelte sich danach aber nicht so wie Mascha.

»Nein. Ich habe mich verliebt. Er sah aus wie Al Pacino. Er mag keine festen Beziehungen. Aber er hat mir Geld dagelassen.«

»Das muss wirklich ein guter Typ sein. Wie viel denn?«

Mascha holte um die fünftausend falschen Euros aus ihrem BH.

»Du hast wohl keine Taschen! Das ist ja enorm!«

»Es ist Falschgeld.«

»Was? Aber die haben sogar Wasserzeichen!«

»Da fehlt das EYPO! Das griechische Wort für Euro, siehst du?« Mascha stand auf, nahm einen Schluck und lachte müde.

»Was willst du mit so einem Wasserzeichen anfangen?«

»Du hast recht.« Madu stand auf und ließ ein paar Scheine über das niedrige Betongeländer rieseln. Mascha nahm ein weiteres Bündel Scheine aus dem BH und tat es ihm gleich. Die Scheine funkelten unten im Laternenlicht und landeten im Gebüsch, auf fremden Balkonen, in den Kräutern und Liegestühlen.

»Die werden nicht merken, dass es Falschgeld ist.«

»Nicht sofort. Sie werden denken, das Geld fiel vom Himmel.«

»Bloß das nicht.«

»Madu, warst du denn schon mal verliebt?«

»Klar! Dauernd! Zurzeit auch! Genauso unglücklich wie du.«

»Wer ist sie denn?«

»Er heißt Mario. Ich bin schwul.«

»Ach so? Und wieso will er dich nicht als Freund?«

»Er ist hetero.«

»Das ist schade. Es fängt schon so schwierig an.«

»Ja.«

»Trinken wir noch einen Schluck.«

»Ja, trinken wir.«

Sie warfen alle verbleibenden Scheine vom Dach und setzten sich wieder auf ihre kleine Mauer. Mascha sah sich die Sterne an.

»Madu?«

»Ja?«

»Weißt du, so ähnlich wie das da oben.«

»Der Himmel?«

»Ja, so ähnlich ist auch das Meer.«

»Ach, ja?«

»Ja. Es ist am Tage hellblau und nachts dunkelblau, fast schwarz, so wie Tinte. Es gibt auch Felsen, nur dass sie nicht so herumfliegen wie dort oben. Aber Felsen sind es auch. Aber an den Felsen im Meer kleben die Muscheln. Ich glaube nicht, dass dort oben an den Meteoriten Muscheln kleben.«

»Wer weiß. Die Wellen fehlen auch, denke ich.« Beide legten die Köpfe in den Nacken und starrten auf die Sterne.

»Mascha, ich bin auch ein bisschen krank.«

»Was hast du denn?«

»Ein bisschen Krebs.«

»Wo denn?«

»In der Leber. Seit einem Jahr. Hepatitis B hieß es vorher. Das klingt schöner, finde ich.«

»Und wieso gehst du nicht ins Krankenhaus?«

»Finde es hier schöner. Was würde sich denn ändern, wenn ich gesund wäre? Im Krankenhaus kannst du nicht auf das Dach steigen und Rum saufen.«

»Bist du ganz sicher?« Sie sah ihn fröhlich an.

»Nein.«

»Hier ändert sich nichts, Mascha. Hier ändert sich nie etwas. Wenn ein Star Leberkrebs bekommt, bringen sie das in der Zeitung unter der Sparte Unterhaltung. Ich unterhalte hier niemanden mit meinem Tod.«

»Du lebst ja noch.«

»Stimmt. Wenn ich Alkohol trinke, geht es mir gleich besser.

Das ist die beste Medizin. Er hilft sogar gegen das Gedächtnis. Hast du dir das noch nie ausgerechnet? Im Durchschnitt lebt ein Mann hier in Frankreich genau achtundzwanzigtausendeinhundertfünf Tage. Mir blieben, wenn ich gesund wäre, noch rund zehntausend Tage. Zehntausend Tage, Mascha! An wie viele Tage deines Lebens kannst du dich noch erinnern? Welcher Tag hat sich denn gelohnt? Ich glaube, würde ich diese zehntausend Tage noch hier bleiben, am Ende erinnerte ich mich an eine Hand voll, die unvergesslich blieben. Eine Hand voll Tage, mehr ist das nicht, das Leben.« Er seufzte.

»Soll ich dir was auf der Flöte vorspielen?«

»Ich bitte darum!«

Madu kramte die Flöte aus der Tüte. Im Mondlicht sah sie elfenbeinfarben aus. Seine schwarzen Finger begannen, darauf zu tanzen. Wenn sie zitterten, vibrierte das Flötenspiel mit. Seine Musik klang wie ein schreiender Tropenvogel, der aus dem Nest segelt.

»Soll ich dir etwas vorspielen und du errätst, was es ist?«

»Bitte.« Mascha nahm einen weiteren Schluck Rum.

»Haha, ich weiß, ich weiß! I can't get no satisfaction!«

»Genau.« Madu warf die Flöte ebenfalls vom Dach herunter.

»Aber was machst du denn da?«

»Was soll ich mit der Flöte?«

Mascha stand auf und lugte über das Betongeländer.

»Ich kann sie nicht mehr sehen.«

»Macht nichts.« Madu stand neben ihr und hielt ihr die Flasche hin. Sie lehnte kopfschüttelnd ab. Er legte seinen Arm um ihre Schulter.

»Danke.«

»Madu, wenn wir jetzt beide herunterspringen, dann wird uns niemals jemand finden.«

»Ach nein, wieso nicht?«

»Weil morgen Sonntag ist. Da kommt doch keiner.«